w/c
51

g. and

Impossible à dire

PATRICIA REILLY GIFF

Traduit de l'anglais (États-Unis) par :
Catherine Guillet

Impossible à dire

Tribal Flammarion

Titre original :
Eleven

Originally published in English by Wendy Lamb/Random House
Children's Books (New York, USA) under the title : ELEVEN by Patricia
Reilly Giff
Copyright © 2008 by Patricia Reilly Giff
© Flammarion pour la traduction française, 2009
87, quai Panhard et Levassor – 75647 Paris Cedex 13
ISBN : 978-2-0812-2067-6

À Connor Giff,
Onze ans le 18 février 2008,
Affectueusement.

Onze, cela peut signifier beaucoup de choses.

Après tout, ce ne sont que deux lignes droites.

Qui pouvaient évoquer un mois, un jour, des minutes.

Peut-être deux arbres dans un champ d'hiver dénudé.

Une écriture d'enfant.

Une adresse.

C'était l'anniversaire de Sam, le onze avril.

C'était bien, c'était formidable.

Alors pourquoi avait-il peur d'avoir onze ans ?

1. LA GOUTTIÈRE

Pour l'heure, peu importait qu'il ait peur d'avoir onze ans. Le lendemain, c'était son anniversaire. Où avaient-ils caché ses cadeaux ? Sam n'en avait toujours trouvé aucun. Il avait cherché dans chaque tiroir, dans chaque placard, sous les lits, et même dehors, dans le hangar.

Il ne lui restait plus qu'un endroit à vérifier.

Y parviendrait-il ?

Il était menu, mais robuste. Bien sûr qu'il y parviendrait.

Il ne s'embarrassa pas de chaussettes ; il se contenta d'enfiler ses tennis et mit sa veste par-dessus son pyjama. Il souleva la fenêtre à

guillotine de sa chambre, qui se trouvait au premier étage, plissa les yeux vers le monde plongé
dans l'obscurité et chercha la gouttière à tâtons
le long du mur.

C'était une folie d'aller au grenier de cette
façon, mais, ce soir-là, c'était la seule solution.
La trappe se trouvait dans la chambre de son
grand-père, dans la pièce mitoyenne, et à
l'heure qu'il était, Mack y dormait à poings
fermés.

Sam sourit; il s'imagina sautant sur son lit,
puis ouvrant subitement la trappe juste au-dessus de sa tête en ayant au passage égratigné
son nez, avant de se propulser dans le grenier.
« Quoi? Quoi? » marmonnerait Mack dans son
sommeil.

Que ce serait drôle! Dommage qu'il faille
passer par la gouttière.

Sam pencha le buste par la fenêtre, empoigna la canalisation, bascula son corps tout
entier et resserra les genoux sur le métal. Il ne
s'attendait pas à ce qu'il soit si froid; il était
glacial même. Que dirait Mack s'il se réveillait
le lendemain matin et le trouvait plaqué contre
le mur de la maison, congelé?

Sam se hissa vers la lucarne, centimètre par
centimètre. En contrebas, la rivière coulait, un
étroit ruban d'eau qui glissait par-dessus les

rochers, puis s'échappait en tourbillons et laissait les rochers réapparaître, telles des carapaces de tortues brillantes, noires et striées.

À regarder vers le sol, Sam eut le vertige. Il ferma les yeux. Les automobilistes qui passaient devant la maison ne se doutaient guère qu'un petit bout de la rivière Mohawk bouillonnait de l'autre côté. Ils ne voyaient que les devantures de trois commerces : l'atelier d'ébénisterie de Mack ; la sandwicherie d'Onji ; et la Maison du Kerala, le restaurant indien d'Anima. Chacun d'eux avait son appartement au-dessus.

Sam appuya le front sur ses bras tendus et, du bout de ses baskets, chercha le mur de pierre.

Il ferait peut-être bien de repartir à l'intérieur.

Non, il était robuste.

Lentement, il tourna la tête ; la gouttière se mit à vibrer. Aucune des fenêtres des trois appartements n'était allumée. Mack, Onji et Anima dormaient comme des ours en hibernation.

Sam se hissa de quelques centimètres supplémentaires. Chat de Nuit se tenait quelque part au-dessous de lui, il miaulait ; Chat de Nuit, ce patriarche, ce grincheux, qui voulait qu'on lui ouvre la porte.

– Un peu de patience ! murmura Sam. Tu vas réveiller tout le monde !

Sam tendit les doigts ; il sentit la peinture cloquée du rebord en bois ; il allongea encore le bras et plaqua la paume de sa main contre la vitre de la lucarne carrée. Le châssis se souleva sans résister. Une chance. Il n'avait même pas envisagé qu'il aurait pu être bloqué. Alors que la gouttière se mettait à osciller dangereusement et que le chat continuait de miauler, il s'empressa de se glisser dans le grenier.

Il sortit une lampe de sa poche et l'alluma. Il avait oublié depuis combien de temps il n'était pas venu là. Une fois, c'était Noël, il était entré dans la chambre de Mack, il avait grimpé sur son lit, ouvert la trappe et essayé de percer l'obscurité du regard. Mack l'avait attrapé et enlevé du lit en riant :

– Qu'est-ce que tu fais ici, petit curieux !

La lampe de Sam fit apparaître des ombres sur le sol devant lui. Il dirigea la lumière vers le haut : des vestes, accrochées à des patères, qui ressemblaient à de vieux hommes alignés ; un tas de bottes empilées, croisées l'une sur l'autre ; en revanche, rien qui ait l'air d'un cadeau d'anniversaire.

Sam traversa la pièce sur la pointe des pieds ; Mack dormait juste au-dessous. Une malle se trouvait à l'aplomb d'une fenêtre. Ah, peut-être...

Les cadeaux de Mack étaient incomparables. Mais la malle était en métal, et cadenassée, trop vieille pour présenter un quelconque intérêt. Sam se pencha vers elle malgré tout et remarqua une coupure de journal qui en dépassait. Il tira ; elle était coincée et elle se déchirerait s'il insistait.

Il s'accroupit : en haut, de grosses lettres noires ; juste dessous, la photo d'un garçon. Le gilet en grosse laine avec une fermeture Éclair sur le devant, lui sembla familier.

Il retint son souffle. C'était lui, seulement beaucoup plus jeune.

Très jeune, trois ans au plus. Que faisait-il dans ce journal ?

Il effleura les lettres du doigt. Sans réussir à en déchiffrer la moitié. Que c'était agaçant de ne pas savoir lire ! Extrêmement agaçant. Quoique... Le mot du haut... Il était long, mais Mme Waring ne lui avait-elle pas expliqué des centaines de fois qu'il fallait chercher les syllabes ? Comme celle qu'il pensait avoir comprise : *dis*. Et la dernière, assez simple : *ru*.

Disparu ?

Il avait disparu ?

Sous la photo, il reconnut son nom : Sam. Il se rendit compte qu'il n'avait toujours pas repris sa respiration. Il expira d'un coup. Le nom de famille semblait dire *Bell*. Sam Bell.

C'était simple. Un mot simple, un nom simple, mais ce n'était pas le sien. Pas MacKenzie.

Soudain, il eut froid, si froid, dans ce grenier, avec la lucarne ouverte derrière lui, et le vent qui soufflait sur ses épaules en ce début de mois d'avril.

Il devait y avoir une erreur. Il le saurait s'il avait disparu, même tout petit, c'était certain. Il fouilla dans sa mémoire, dans l'espoir d'y trouver un souvenir, quel qu'il soit, et c'est alors que, avec une précision telle qu'il se serait cru à l'intérieur, une pièce apparut, ainsi que d'autres enfants, l'un d'eux, un garçon, qui agitait les mains, qui voulait un objet que Sam tenait. Sam s'était accroché à ce jouet, l'avait serré dans ses bras jusqu'à ce que...

Jusqu'à ce que quoi?

Un autre souvenir : des tourbillons d'eau, Chat de Nuit sur le rebord d'un bateau, le dos arqué, trempé ; le son de cornes de brume.

D'où lui venait cette autre image?

Sam se redressa, la bouche sèche, le cœur battant. Il entendit grincer le lit de Mack au-dessous, et attendit que le silence soit revenu avant de bouger.

Il devait redescendre le long du mur. Il sortit le buste par la lucarne, attrapa la gouttière glaciale, fit basculer son corps et glissa, plus vite qu'il ne le souhaitait. Le tuyau fit un bruit de ferraille, trembla, des vis sautèrent. Il passa devant sa fenêtre, sans parvenir à s'arrêter, pas avant d'atteindre le sol. Ses pieds heurtèrent la terre avec assez de force pour que ses dents s'entrechoquent ; il sentit un vague goût de sang dans la bouche.

La tête baissée, les épaules voûtées, il contourna le bâtiment en direction de la route, passa devant le restaurant d'Anima, devant la sandwicherie d'Onji. En dehors du pick-up de Mack, de la petite Toyota bleue d'Anima et de la camionnette d'Onji avec sa photo d'un homme en train de croquer un sandwich club, le parking était vide. Chat de Nuit attendait devant la porte.

Sam chercha sa clé dans sa poche et entra dans l'atelier de son grand-père ; le chat l'y suivit de son pas silencieux.

Il traversa la pièce encombrée de meubles à réparer. Les copeaux de bois de cèdre craquèrent sous ses pieds. D'ordinaire, il adorait l'odeur du cèdre, la sensation du bois, il adorait l'atelier, et il adorait Mack, qui lui avait appris à couper, à assembler, à polir. Mack, qui l'avait aidé à terminer, dans le jardin derrière la maison, les nichoirs avec leurs toits en pointe, et ce banc pour Anima au bord de l'eau.

Mais... disparu?

Sam Bell?

Avait-il été enlevé?

Par Mack? Et si Mack n'était pas son grand-père?

Ridicule. Pourquoi Mack aurait-il kidnappé un gamin qui avait toutes les peines du monde à lire depuis le début? Un gamin qui fouillait partout, qui cassait tout? «Un petit maladroit», disait toujours Anima avec un sourire.

À moins que Mack n'eût pas prévu ce que Sam deviendrait?

Et s'il avait réellement disparu? Et si sa place n'était pas du tout ici?

Debout devant l'établi que Mack lui avait construit des années auparavant, Sam laissa courir ses mains sur le bois éraflé; il revit les doigts de Mack sur les siens alors qu'il sculptait un écriteau à son nom qu'il avait ensuite suspendu juste au-dessus. Mack l'avait aidé à tracer les lettres : *Sam*. Mack, qui hochait la tête, qui souriait, qui disait : «Oui, c'est bien, comme ça.»

Que ferait-il sans Mack?

Il ne voulait être nulle part ailleurs qu'ici même, avec lui, avec Onji dans sa sandwicherie, avec Anima et ses longs cheveux, qui le prenait si souvent par l'épaule, toujours à rire. Il repensa à sa chambre à l'étage, à la rivière derrière la maison, au petit bateau dans le hangar.

Cette coupure de journal n'était qu'une erreur. Ou bien il avait mal compris. C'était une erreur, il ne pouvait en être autrement.

Il allait monter réveiller Mack tout de suite, lui demander...

Et si c'était vrai, et qu'il soit obligé de repartir là d'où il était venu, de repartir dans un lieu inconnu ?

Non, il fallait tout oublier.

Il hésita. Et cette photo ? *Disparu.* C'était ce que disait cette coupure de journal, et il devait le croire.

Et le nom ? Il le souffla, Sam Bell, pour voir s'il sonnait bien, ce nom qu'il n'avait jamais entendu auparavant.

C'était un nom au sujet duquel il devait se renseigner. D'une manière ou d'une autre.

Le rêve de Sam.

Il est prisonnier. Prisonnier du onze.
Quelqu'un claque des portes.
Les ouvre.
Les ferme.
Des bruits de pas s'approchent.
« Sam, crie une voix, où es-tu ? »

2. CAROLINE

À l'avant de la classe, Mme Stanek écrivait au tableau, son bras levé serré dans une manche mauve. La craie était épaisse et poudreuse, les mots se suivaient en un enchevêtrement de boucles et de volutes que Sam avait l'impression de voir sautiller sous ses yeux.

Ce n'était pas grave, il savait de quoi il retournait : ils commençaient le Moyen Âge.

– *Pois cassés chauds*, dit Mme Stanek par-dessus son épaule. Vous vous souvenez de cette vieille comptine ?

Certains des enfants entonnèrent alors :

– *Pois cassés chauds. Pois cassés froids. Pois cassés dans le pot, les revoilà.*

– C'est ce qu'ils mangeaient à l'époque, fit remarquer Marcy Albert, la surdouée de la classe. Des pois cassés sur une grosse tranche de pain en forme d'assiette.

– C'est exact, répondit Mme Stanek. On appelait ces assiettes des tranchoirs. Lorsque les riches avaient mangé les pois, ils donnaient le pain aux pauvres.

À l'autre bout de la salle, Eric chercha le regard de Sam. L'index pointé devant sa bouche ouverte, il feignit d'avoir des haut-le-cœur.

Sam sourit, puis il baissa la tête et mit ses mains en visière pour que Mme Stanek ne le voie pas observer ses camarades tour à tour. Elle parlait d'épices maintenant, ou du moins de l'utilisation de la cannelle et des clous de girofle à l'époque médiévale. Sam, lui, ne pensait guère à la purée de pois cassés sur du pain, pas plus qu'aux épices. Il devait trouver une personne capable de l'aider à lire cette coupure de journal et d'inspecter le contenu de la malle. Les garçons jugeraient sa demande étrange ; il fallait qu'il s'adresse à une fille.

Marcy Albert, peut-être ? Elle savait lire, mais elle parlait beaucoup aussi. Il l'entendait déjà : « Il m'a fait monter en cachette dans le grenier, vous vous rendez compte ? Il cherche quelque chose, sans trop savoir ce que c'est. » En outre,

Marcy Albert n'escaladerait jamais le mur, jamais, pour tout l'or du monde.

Toutefois, Sam ne voyait pas vers qui d'autre se tourner, hormis la nouvelle peut-être, Caroline. Elle était arrivée un mois plus tôt environ. En pleine matinée, la porte de la classe s'était ouverte en grand. Un Kleenex entortillé dépassait de sa manche tel un serpent blanc. Caroline avait des cheveux couleur mandarine. Un joli visage, un nez en piste de saut à ski, des taches de rousseur, des lunettes teintées.

Depuis le premier jour, elle lisait dès que l'occasion se présentait, et sa dizaine de bracelets cliquetait à son poignet à chaque page tournée. Elle n'était pas très liante ; Sam ne l'avait jamais vu sourire.

Mme Stanek passa dans les rangs :

– Ah, Sam ! lança-t-elle en posant l'image d'un château sur son bureau. Ce serait bien si tu nous en fabriquais un. Il y a du carton dans le placard, du papier, des ciseaux, de la colle...

« Astucieux, madame Stanek », aurait aimé lui dire Sam ; elle savait qu'il n'aurait aucun mot à déchiffrer pour découper un château.

– Une fois que nous aurons fini d'étudier le Moyen Âge, nous organiserons une jolie fête, annonça Mme Stanek en s'éloignant.

Avec de la purée de pois cassés sur du pain ?

Sam regarda Eric et, l'index à l'horizontale, prétendit se trancher la gorge. Eric s'apprêtait à l'imiter lorsque Mme Stanek surprit l'ébauche de son geste. Elle haussa les sourcils, et Eric se gratta le dessous du menton.

Sam aurait ri, si la pensée du grenier et de la coupure de journal, ne lui était revenue à l'esprit. Il lança un regard furtif vers la nouvelle, qui était assise la tête penchée sur son livre.

L'heure du déjeuner arriva. Comme à l'accoutumée, Mme Stanek leur rappela :

– On est tous amis en CM2 !

Autrement dit, chacun devait faire la queue à la cantine selon l'ordre pris à la sortie de la classe. Mme Stanek ne remarquait jamais les changements de positions qui s'opéraient dans l'escalier, les élèves qui se laissaient glisser sur les rampes, qui jouaient des coudes pour se placer. Personne n'était aussi expert en la matière que Sam. Arrivé à la dernière volée de marches, il avait réussi à se ranger juste derrière Caroline la nouvelle, et, à la cantine, il se faufila sur le banc en face d'elle.

Sous les rayons de soleil qui filtraient par les hautes fenêtres, il ouvrit sa boîte-repas tout en jetant un coup d'œil discret vers Caroline. Son propre déjeuner sur les genoux, son livre sur la table devant elle, elle tourna une page tout en attrapant un sandwich.

Sam s'éclaircit la voix :

– Je m'appelle Sam.

C'était idiot, elle devait le savoir.

Il remarqua que les extrémités du sandwich de Caroline étaient grignotées, que la croûte du pain avait été arrachée, et que l'ensemble semblait avoir été collé avec de la confiture couleur prune.

Sam, lui, ne savait pas encore ce qu'il allait manger. Chaque matin, il s'arrêtait à la sandwicherie et y prenait un second petit déjeuner pendant qu'Onji lui préparait son sandwich, parfois un club avec des boulettes de viande, ou bien de la dinde entre deux grosses tranches de pain au seigle. Personne à l'école n'était aussi bien servi que lui. Il ouvrit le papier : du pastrami au chou sur du pain au seigle, quelques cornichons dans un sachet en plastique et une poignée de bâtons de bretzels.

Il sentit que Caroline l'observait. Peut-être devrait-il lui offrir de partager son repas. Mais elle avait déjà dévoré une bonne partie du sien. Il leva la tête. De la confiture avait goutté sur son pull-over et les bagues sur ses dents étaient couvertes de miettes de pain. Elle avait esquissé un vague sourire. Joli sourire.

Elle pointa un doigt coiffé de confiture.

Sam rebaissa la tête : un nounours à la géla-tine dépassait de ses tranches de pain. Cet Onji alors !

– Il y en a d'autres dans tes cornichons, dit Caroline sur un ton laissant supposer qu'elle pourrait bien éclater de rire.

Sam attrapa les nounours. Onze en tout.

– C'est mon anniversaire, mais ne le dis à personne. Mme Stanek me ferait porter cette fichue couronne.

Caroline sourit à nouveau :

– Tu es donc Sam.

– Ouais.

– Sam comme dans *Je-suis-Sam* ? *Mon frère Sam est mort* ? Comme Samuel Morse ? Comme dans *Sam et la luciole* ? Sam Spade le détective, peut-être ?

Grâce aux livres qu'Anima lui lisait, Sam connaissait tous ces personnages, héros de livres, de films, ou inventeurs.

Il répondit :

– Samson.

– Samson était un dur.

– Je le suis plus encore, mais ne le dis à per-sonne non plus.

– Moi, je suis un sphinx.

Elle sourit brièvement et essuya du plat de la main la confiture qu'elle avait au coin des lèvres. Ses bracelets cliquetèrent.

– Sam comment, dis-tu ?

– MacKenzie.

Quelque chose lui serra la poitrine. *Bell.*

– Hé, Sam MacKenzie, puisque c'est ton anniversaire, passe-moi un de ces nounours ! Si je n'en prends qu'un, il ne devrait pas se coincer dans mes bagues.

C'était elle qu'il lui fallait. D'une façon ou d'une autre, il la convaincrait de l'aider. Il lui sourit et lui tendit plusieurs nounours.

– Une chose, reprit-elle.

Elle leva les yeux vers les hautes fenêtres.

– Ne pense pas qu'on va devenir amis. Je ne resterai pas ici assez longtemps.

Sans répondre, Sam continua de manger, comme si la possibilité d'une amitié le laissait froid. La fin du repas lui parut interminable, mais le moment vint enfin de retourner en classe et de se remettre à leur projet sur le Moyen Âge.

Sam jeta un coup d'œil vers la pendule : encore une demi-heure et il lui faudrait se rendre au centre de documentation pour voir Mme Waring, l'éducatrice spécialisée.

Cinq élèves étaient occupés à écrire une pièce de théâtre, et Eric, à l'avant de la classe, sautait d'un côté et de l'autre, une épée à la main.

– Du calme ! lança Mme Stanek en faisant le tour de la salle.

Elle s'arrêta devant le bureau de Sam.

– Je t'ai trouvé une autre image.

Sam la regarda : des champs, un chevalier en armure et un château sombre dans la brume avec des tours, des douves, des meurtrières en guise de fenêtres. Un château si sombre qu'il serait difficile de s'en servir de modèle. Sam leva l'image devant ses yeux. Ce château était étrange. Il en avait déjà vu un de ce style quelque part, et pourtant il ne ressemblait guère à celui-là.

– Ça ira ? lui demanda Mme Stanek.

– Très bien.

Il serait impossible à réaliser avec du carton.

– Tu as besoin d'aide ?

Sam fit non de la tête. Mais Mme Stanek avait déjà claqué des doigts :

– Caroline...

– Une fille ? dit-il en faisant la moue.

– On est tous amis en CM2. Caroline ?

Caroline cligna des yeux et haussa les sourcils.

– J'aimerais que tu aides Sam à fabriquer le château, annonça Mme Stanek avec un large sourire, comme si elle leur faisait une faveur.

Caroline referma son livre et se leva. Elle rapprocha son bureau qui crissa sur le sol, un Kleenex voletant derrière elle.

– Ce serait bien que vous teniez un journal de bord, leur suggéra Mme Stanek tandis qu'elle s'éloignait vers un autre groupe. Pour y noter chaque étape de votre projet.

Caroline fouilla dans son pupitre et en sortit un tube de rouge à lèvres.

Du rouge à lèvres ?

Elle se maquilla, fit claquer ses lèvres peintes, puis effaça la plus grande partie de la couleur d'un revers de la main.

— Mais... quel âge as-tu ? lui demanda Sam.

— Dix ans, huit mois...

Son visage couvert de taches de rousseur se plissa.

— ... et neuf jours, à peu près.

— Tu as laissé à peu près dix ans, huit mois, et...

— Neuf jours ?

— ... de Kleenex par terre ; sans compter que tu as du rouge à lèvres partout sur tes dents.

— Et alors ?

— C'est vrai, et alors.

Cette fille était formidable. Sam se retint d'en dire davantage. Pas de sourire. Pas d'amitié.

Caroline prit l'image du château, la tourna dans un sens, puis dans l'autre.

— Difficile de savoir ce que c'est.

Là-dessus, elle dressa sur sa tranche l'un des morceaux de carton que Sam avait trouvés dans le placard et fit des mouvements de ciseaux avec les doigts.

– On n'a qu'à découper des carrés en haut et coller tout ça ensemble.

Tout en la regardant, Sam eut une idée. Et s'ils construisaient un château en bois ? Ils n'auraient pas besoin de voir grand, quatre blocs assemblés suffiraient. Et puis, peut-être que...

– Mon grand-père est ébéniste. On pourrait faire un château en bois, il en a plein dans son atelier, dit-il d'un ton qui se voulait presque indifférent.

Et en profiter pour lire ce qui se trouve au grenier. Il réparerait la gouttière, à moins que Mack ne soit sorti et qu'ils puissent passer par la trappe.

– Tu veux le faire là-bas ? s'étonna Caroline.

– Oui, en partie, je suppose.

Il leva les yeux vers Mme Stanek, qui les observait d'un air satisfait.

– À mon avis, ça ne la dérangerait pas.

– Une chose. Où habites-tu ?

– Une chose, répéta-t-il pour rire. À la sortie de la ville. On prendra le car de ramassage.

– Comment ferai-je pour rentrer ensuite ? J'habite près d'ici.

– Un bus passe devant l'atelier. Ne t'inquiète pas...

– Je peux venir mercredi, ou alors vendredi. Elle hésita.

– Je dois garder ma petite sœur, parfois.

– Mercredi me convient. Vendredi aussi.

Possible. Tout était possible.

Caroline attrapa une mèche de ses cheveux qu'elle entortilla entre ses doigts.

– Peut-être.

Il eut un large sourire.

– Oui.

3. L'ANNIVERSAIRE DE SAM

Mack sortit la nappe en crochet qu'il gardait pour les grandes occasions, une véritable toile d'araignée qui avait appartenu à la grand-mère de Sam, Lydia, décédée avant sa naissance. Certains des ajours faisaient partie intégrante du motif en étoiles ; d'autres étaient l'œuvre de Sam, une surprise que, petit, il avait voulu faire à Mack.

Lydia était-elle sa vraie grand-mère ?

Sam aida à mettre les assiettes, tout en observant Mack de temps en temps. Il avait pensé à lui toute la journée. Quand il avait cinq ou six ans, il penchait la tête en arrière pour regarder les yeux de Mack se plisser et les rides sur leur contour se creuser, convaincu que Mack était un géant ; il pouvait tout faire, et ce bien qu'il claudique parfois et se baisse souvent pour se masser la jambe. Depuis quelque temps, sa barbe et ses cheveux noirs se mouchetaient de gris ; Onji disait, en poussant Sam du coude : « Ton grand-père est en train de devenir un vieux schnock. » Onji, lui qui n'avait plus qu'une couronne de cheveux sur la tête.

Mack parlait peu, ce qui ne dérangeait pas Sam. Ils pouvaient passer des heures dans l'atelier, durant lesquelles Mack fredonnait et se contentait de quelques phrases : « Onji fait cuire un rôti de bœuf ; ça sent bon. » « Un faucon fait des cercles au-dessus de la rivière. » Quand il passait la main sur une étagère que Sam venait de terminer, il affirmait : « Je n'aurais pas mieux fait. »

Était-il possible que Mack ne soit pas son grand-père ? Ne disait-on pas qu'ils se ressemblaient, bien que Sam soit maigre comme un clou ? Un squelette ambulant, proclamait Onji, un déguisement de Halloween. Sam se toucha le nez, passa ses doigts sur sa bouche. Comment pouvait-il savoir si les traits de son visage étaient similaires à ceux de Mack ?

En outre, Mack ne lui avait-il pas montré une photographie de ses parents, Julia et Luke ? Il ne conservait aucun souvenir ni de l'un ni de l'autre ; tous deux étaient décédés, son père à l'armée, selon Mack, et Julia, d'une déficience cardiaque.

Juste avant la tombée de la nuit, Anima arriva de son restaurant ; ils la regardèrent monter l'escalier, sa natte de cheveux noirs brillants se soulevant sur son dos à chaque marche. Elle avait les bras chargés de plateaux de victuailles.

– Ah, s'il te plaît, Mack, prends ceux-là ! Attention, c'est brûlant !

La voix d'Anima était claire et flûtée, et son rire prêt à retentir à la fin de chaque phrase prononcée. Elle tapota l'épaule de Sam :

– Et comment va mon grand garçon ?

Elle se mouvait avec la légèreté de ces petites sicales qui passaient dans le ciel à tire-d'aile chaque automne. Comme elles, le sari fluide qu'elle portait ce soir-là était jaune.

– Je t'ai préparé ton plat préféré : du curry de bœuf, annonça-t-elle à Sam d'une voix légèrement essoufflée. J'ai mis tellement d'épices que tu en garderas le goût sur la langue jusqu'à ce que tu ailles te coucher. Et pour Mack, ce sera du poulet korma, avec lait de coco à volonté.

Elle fit un clin d'œil à Sam :

– Il faut que je le gâte ; il n'a pas encore terminé mon meuble pour le restaurant !

Un sourire aux lèvres, Mack leva ses yeux plissés au plafond :

– Oui, et après ça, tu veux des étagères pour ton couloir, une bibliothèque pour ton salon...

– Allez... pour du poulet à volonté... ? répondit-elle.

Sam les regarda à tour de rôle. Anima connaissait-elle son histoire ?

Elle les aida à finir d'installer la table tout en continuant à parler de son meuble, qui aurait des portes vitrées et des pieds sculptés. Soudain, elle dit à Sam :

– Tu es bien calme ce soir.

Avant que Sam puisse répondre, des pas lourds se firent entendre dans l'escalier et Onji emplit la cuisine portant un énorme gâteau d'anniversaire au chocolat sur lequel était écrit « SAM ». Tout chez Onji était large et rond, son visage, son nez, jusqu'à ses yeux épais, qui donnaient l'impression d'avoir été collés sur ses tempes comme deux pastilles d'argile.

Onji referma sa grosse main sur l'épaule de Sam :

– C'est tout gringalet et ça a onze ans, incroyable, non ?

– Quel gâteau, Onji, merci !

– C'est vrai qu'il a de l'allure, pour avoir été préparé par quelqu'un qui passe ses journées à couper de la viande ! acquiesça Mack avec un hochement de tête.

– Oui, pas mal du tout, confirma Anima.

– Qu'est-ce que vous croyez... dit Onji en posant son chef-d'œuvre sur la table.

Sam savait qu'ils attendaient de le voir lécher le bord du plat avec le doigt. Aussi, il tendit le bras et goûta le glaçage au chocolat.

– Excellent ! murmura-t-il.

Les trois adultes s'assirent. Sam les observa à tour de rôle, puis tourna son regard vers la table et sa belle nappe. Baignée de la lumière orangée diffusée par les flammes de la cheminée, la cuisine lambrissée était toujours aussi douillette ; pourtant, désormais, tout lui paraissait étrange, comme s'il avait perdu son sentiment d'appartenance.

Sam avait rêvé d'une autre cuisine la nuit précédente, blanche, froide. Il avait voulu attraper une pomme sur un plan de travail, et une femme s'était avancée vers lui, le bras levé. Chat de Nuit s'était réfugié sous la table et Sam, terrifié, s'était plaqué contre l'énorme réfrigérateur.

« Concentre-toi sur le repas, sur maintenant, s'ordonna-t-il intérieurement. Pense au gâteau d'anniversaire d'Onji. Il l'a couvert de bougies pour toi. »

C'est alors qu'il entendit le mot *gouttière*.

Ses sourcils broussailleux levés, Onji le regardait :

– Elle s'est détachée et elle cogne contre le mur...

Onji et Anima le fixaient, eux aussi.

– La semaine dernière, poursuivit Onji, il a perdu une rame ; il y a deux semaines, la porte du hangar était sortie de ses gonds...

Onji plaisantait bien sûr, et Mack et Anima éclatèrent de rire, mais Sam ne put s'empêcher de protester :

– Ce n'est pas moi ! s'exclama-t-il. Je n'ai pas touché à la gouttière.

– Tu en es sûr ? lui demanda Onji avec un petit sourire.

– Bien sûr que j'en suis sûr.

Il était trop tard pour ravaler son mensonge, trop tard pour dire que oui, il était monté au grenier pendant la nuit, et que oui, il aurait bien aimé qu'on lui explique la signification de cette coupure de journal.

– C'est la première fois qu'on trouve une cachette parfaite pour tes cadeaux, enchaîna Anima.

Mack se leva et ouvrit la porte du four. Il se tourna vers Sam en souriant :

– On t'a eu cette année, reprit Anima, ses dents blanches illuminant sa peau hâlée.

Si seulement il avait pensé au four ! Il ne serait jamais monté au grenier, n'aurait jamais eu connaissance de la coupure de journal, n'aurait jamais eu à faire sa petite enquête.

Anima lui tendit un paquet carré enveloppé dans du papier bleu :

– Attends, il faut que je te dise...

Elle se pencha vers lui.

– C'est un livre, mais il n'y a pas beaucoup de texte, chuchota-t-elle.

Il arracha l'emballage et feuilleta l'ouvrage, rempli de croquis, de modèles, de mesures : des dizaines d'idées pour fabriquer des objets en bois, et très peu de mots. Il leva les yeux vers Anima :

– Tu es la meilleure, Anima.

Elle sourit :

– Et après, on va manger des crêpes à la banane chez moi.

Son plat vedette. Elle avait appris à les faire, enfant, dans l'État du Kérala. Elle avait dit à Sam, une fois, que le livre de recettes de sa mère était l'un des rares biens qu'elle avait apportés avec elle en Amérique.

– Tu n'as encore rien vu, intervint Onji en déposant un sac plastique devant Sam. Tu me diras des nouvelles de ce cadeau-là.

Mack et Anima éclatèrent de rire.

– Oh non, pas ça !

Sam souleva le tee-shirt devant lui. Il était d'un jaune aveuglant, beaucoup trop grand, et barré du slogan, écrit en vert : « Onji, le roi du pastrami. »

– Il finira par t'aller, ajouta Onji.

Sam rit, lui aussi ; il se sentait mieux. La coupure de journal n'était qu'une méprise, c'était évident.

Mack sortit alors le dernier paquet du four et le posa sur la table.

– C'est lourd, précisa-t-il.

Sam remarqua à quel point Mack était content de lui.

Sous le papier d'emballage, Sam découvrit un tissu de flanelle. Il le déplia, et se cala contre le dossier de sa chaise pour contempler son cadeau. Ce dernier était beaucoup plus vieux que lui, plus vieux que Mack même, et sa poignée était usée par des années de service : un rabot, pour polir le bois.

Sam posa la main sur le boulon ; l'outil avancerait presque de lui-même. Il suffirait d'une minuscule pression pour faire glisser sa semelle sur les planches, pour aplanir, copeau après copeau, les surfaces de l'objet qu'il serait en train de fabriquer jusqu'à ce que le bois soit doux comme du satin.

– Il appartenait à mon père, dit Mack, les mains pointées vers le rabot. Tu es assez grand maintenant, tu le mérites.

Sam regarda de nouveau l'objet sur la table ; quel cadeau merveilleux ! Qu'il pourrait ajouter à ses outils sur son établi, mais plus merveilleux encore, car c'était un héritage de famille. Sa famille ? Son grand-père ? Son arrière-grand-père ?

Sam se pencha, prit Mack par la taille et se serra contre lui. *Pourvu que tout reste comme avant.*

Le dîner fut vite terminé et l'on passa au dessert. En allumant les bougies, Mack s'étonna :

– Il n'a que onze ans, Onji ! Tu as mis une bonne trentaine de bougies sur ce gâteau.

Onji passa sa main sur son crâne dégarni.

– Oui, trente-trois.

Il se tourna vers Sam et s'exclama en levant les yeux au plafond :

– Mack ne compte pas très bien. Il y en a trois pour chaque année, bien sûr.

Mack et Anima s'esclaffèrent.

– Je ne me suis pas trompé, si ? Non, c'est bien ça, conclut-il.

Ils entonnèrent un *Joyeux Anniversaire*.

– Si Chat de Nuit savait chanter, il le ferait aussi bien que Mack et Onji, plaisanta Anima à la fin.

– Mieux, renchérit Sam.

Il souffla ses bougies, et tout lui sembla comme avant : leurs trois sourires, le goût du gâteau, les cadeaux.

Ils se hâtèrent de ranger les assiettes dans le lave-vaisselle. C'était l'heure de passer chez Anima. Ils traversèrent son restaurant, dont les tables étaient décorées de paniers de petites fleurs jaunes. Anima s'arrêta pour saluer quelques clients, pour dire un mot à ses serveurs, puis ils montèrent dans son salon, comme ils le faisaient presque chaque soir depuis qu'ils avaient découvert que Sam avait des difficultés à lire.

Il se souvenait vaguement de cette première fois où Anima avait organisé une séance de lecture. Il se revit assis sur le canapé, à côté de Mack, Anima en face d'eux, et Onji encore en train de monter l'escalier.

– Il faut que Sam connaisse le monde, avait décrété Anima. Alors en attendant qu'il arrive à lire, on va lui faire découvrir le monde des livres.

Mack avait acquiescé d'un hochement de tête.

Et Onji avait demandé :

– Comment ?

– Je lui ferai la lecture chaque soir.

Dès lors, une fois les affaires du restaurant réglées, Anima leur lisait des textes pendant une heure au moins. Et quels textes ! De longs poèmes, la Bible, l'histoire d'un enfant qui creusait des trous, d'une araignée qui sauvait un cochon. Anima les prononçait tous avec un accent de reine d'Angleterre.

Tantôt ils se régalaient de ce qu'elle avait choisi ; tantôt ils s'en désintéressaient. Dans ces cas-là, elle haussait les épaules et poursuivait sur sa lancée, que le livre parle de mines de cuivre ou de routes maritimes. Onji s'assoupissait, puis ses ronflements engloutissaient presque la voix d'Anima. Mack appuyait parfois la nuque sur le rebord du canapé, les yeux fermés. Sam, lui, ne dormait jamais.

Ce soir-là, pendant qu'ils mangeaient les crêpes préparées en cuisine au restaurant, Anima commença à leur narrer une légende issue du peuple iroquois. Mack esquissa un signe de tête ; il devait la connaître. Il tendit le bras comme pour arrêter Anima.

Mais Anima continua :

– Le Créateur promit aux hommes de leur donner une terre s'ils arrêtaient de se battre. Ils essayèrent, mais les disputes reprirent. En colère, Dieu prit la terre dans le creux de ses mains et la rapporta vers le ciel. Mais ah ! La terre lui échappa, tomba, et se brisa en mille morceaux, pour certains si petits qu'on pouvait les entourer de ses bras. Ces morceaux-là devinrent des îles, flottant dans un fleuve si grand qu'on aurait dit un océan.

Sam connaissait cette histoire ; quelqu'un la lui avait racontée il y avait longtemps. Sans savoir pourquoi, ce fleuve lui rappelait quelque chose.

Le rêve de Sam.

Froid. Gelé.
Tout va si vite, il n'arrive pas à reprendre son souffle.
Il frôle à peine l'eau, les embruns sur le visage, dans les yeux.
Il respire par la bouche, le bruit de sa respiration résonne à ses oreilles, Chat de Nuit à côté de lui.
L'eau est noire et vaste. D'énormes blocs de glace tourbillonnent sous lui, s'entre-choquent.
Une maison se reflète brièvement dans l'eau, ses fenêtres noires et brillantes, puis un drapeau, sur un monticule de terre, qui claque contre son mât.
Loin au-dessus de sa tête, un nombre, onze.
Il lève les bras et se couvre le visage des mains.

4. LA RIVIÈRE

Samedi. Pas d'école. Libre.

Le vent faisait onduler l'eau de la rivière, mais pour la première fois depuis l'arrivée du printemps, les rayons du soleil tombaient presque brûlants sur la tête et les épaules de Sam.

Il sortit la barque du hangar, un hangar énorme, assez grand pour en contenir cinq, la traîna dans l'herbe, puis, debout sur la berge, il huma l'odeur si pure de l'eau.

Mack ouvrit la fenêtre à guillotine de l'atelier et, un niveau à la main, lança :

– Fais attention, Sam !

À la fenêtre de son arrière-boutique, juste à côté, Onji ajouta :

– C'est le seul gamin qui réussirait à se noyer dans vingt centimètres d'eau.

– Ne vous inquiétez pas ! leur répondit Sam.

Il savait à quoi Mack pensait. Une semaine plus tôt, il avait dépassé le pont, là où la rivière s'élargissait, où l'eau devenait plus profonde et les courants plus rapides. Accidentellement, l'une de ses rames lui avait échappé et le courant avait emporté sa barque à la dérive ; près de deux kilomètres en aval, Sam avait été forcé d'attendre que quelqu'un les ramène, lui et son embarcation, sur la rive.

– Reste de ce côté-ci du pont, d'accord ?

– D'accord.

– Ce gamin est une bombe à retardement, reprit Onji.

– On ne peut pas le quitter des yeux plus d'une seconde, acquiesça Mack.

Ils plaisantaient, mais Sam comprenait pourquoi Mack avait peur. Il jeta ses tennis dans la barque, ôta ses chaussettes et avança dans l'eau par petits bonds.

La température le saisit et glaça ses pieds déjà meurtris par le gravier. Il poussa avec force l'embarcation, dont le fond frotta contre le lit sablonneux, puis il sauta et se massa les orteils de ses mains froides.

Chat de Nuit, qui était venu se planter au bord de l'eau, se mit à miauler. Pas pour demander. Pour ordonner.

Sam se pencha en arrière et le souleva.

– Ça va ?

Il enfouit son visage dans son pelage. Il avait une odeur toute particulière, le pelage de Chat de Nuit. Cette odeur raviva chez Sam un souvenir : le chat, le poil tassé, en équilibre sur le rebord d'un bateau. Et Sam, les bras tendus, tendus, l'embarcation de plus en plus penchée, le rebord presque au niveau de l'eau.

Soudain, Chat de Nuit se libéra de son emprise et fusa vers la banquette arrière. Sam sentit sa gorge palpiter, son cœur battre la chamade.

« Arrête », lança-t-il intérieurement.

La gouttière cliqueta contre le mur. Il tourna la tête pour l'observer. Elle se détachait un peu plus chaque jour. Comment réussirait-il à faire monter Caroline dans le grenier ? Il arrivait bien à Mack de s'absenter durant une heure ou deux pour aller livrer des meubles, mais il n'y avait aucune certitude qu'il le ferait au moment opportun. Était-il possible de resserrer les vis de la gouttière dans le mur ?

Non, Onji remarquait trop de choses ; Onji remarquait presque tout. Sam devrait patienter, voilà tout.

Il fit un signe de la main en direction des deux fenêtres, quelque peu honteux à l'idée de ne pas aider Onji. Le samedi était son jour le plus chargé. Celui de Mack, aussi. Il était descendu dans l'atelier de bonne heure pour refaire le cannage d'une vieille chaise et en réparer un des pieds, profondément entaillé.

Sam commença à ramer et sentit se tendre ses muscles du bras et du dos. Tandis que l'embarcation s'éloignait de la berge, des notes de musique indienne s'élevèrent du restaurant d'Anima, des notes légères, accompagnées de tintements de clochettes, qui rappelèrent à Sam Anima elle-même.

Sam avançait à vive allure et il entra vite dans l'étroit chenal surplombé de joncs. Il ramena les rames ruisselantes dans la barque et laissa tomber l'ancre, une brique attachée par une corde, sur le lit sablonneux.

Au-dessus de sa tête, les tiges se balançaient et bruissaient au contact l'une de l'autre ; un martin-pêcheur s'envola. Sam se campa sur sa banquette et leva le visage vers le soleil, tout en écoutant le bruit de l'eau qui clapotait contre le bateau.

Il n'existait pas de meilleur endroit pour réfléchir.

Disparu. Il prononça le mot à haute voix, et Chat de Nuit le regarda.

– Je dois réfléchir à tout cela, je dois comprendre...

Il s'interrompit.

Mack abordait toujours les problèmes étape par étape, en énumérant chacune sur ses doigts, dont l'un était raide depuis un accident survenu très longtemps auparavant. « D'abord, tu ponces les morceaux de bois, ensuite tu les assembles avec de la colle, et tu les maintiens avec des pinces jusqu'à ce que tout soit sec. Après, tu ponces encore une fois, tu passes la teinture... »

Mme Waring, elle, dans sa salle de documentation, disait : « Cherche les syllabes, décompose le mot, morceau par morceau. »

Des étapes.

D'accord.

Caroline d'abord. C'était elle, la clé. D'une façon ou d'une autre, ils ouvriraient la malle, elle lirait la coupure de journal, ainsi que tout autre document qui pourrait se trouver là.

Caroline ne s'était pas rendu compte qu'il savait à peine lire. La tête baissée, à tourner les pages de ses livres, elle n'avait peut-être pas remarqué qu'il allait au centre de documentation tous les après-midi.

Comment le lui dire ?

Les pensées de Sam changèrent de cap. Cette salle. Il la connaissait aussi bien que l'atelier de

Mack. Aussi bien que Mme Waring, que son haleine teintée de l'odeur forte du café qu'elle buvait après le déjeuner, que sa voix au ton nasillard. Elle avait un beau sourire, Mme Waring, malgré sa mauvaise dentition.

Une fois, elle lui avait montré un livre, dont chaque page contenait quatre mots, des mots qu'il ne parvenait pas à déchiffrer. « À quoi tout cela te fait-il penser ? » lui avait-elle demandé.

Il avait haussé les épaules. Comment lui expliquer que les lignes lui rappelaient des araignées dont les pattes s'étiraient sur les pages ?

Elle était désolée, il l'avait bien vu.

— Regarde, avait-elle repris, le doigt pointé vers la fenêtre. Qu'est-ce que tu vois ?

— Des arbres. Deux.

— Oui. Tu vois leurs branches, leurs feuilles. Et tu sais aussitôt que ce ne sont pas des maisons ni des nuages. Tu n'y penses même pas. Ce sont des arbres.

Il avait éprouvé une sensation dans la poitrine, car il ne pouvait s'imaginer que ce phénomène puisse se produire lorsqu'il lisait.

— C'est pareil avec les mots, avait pourtant dit Mme Waring. Un jour, ces cercles et ces lignes que tu vois auront une signification pour toi. Elle te sautera aux yeux, et les arbres seront des arbres, pas des nuages.

La sonnerie avait retenti à cet instant précis, et il s'était enfui. Cette chose dans sa poitrine avait continué de grossir, s'apprêtait à exploser. Il l'avait contenue le temps de rassembler livres et cahiers dans la salle de classe ; il l'avait contenue durant le trajet en car, au risque d'éclater ; il avait attendu d'être dans l'atelier.

Mack s'était assis à ses côtés, sur le banc contre le mur latéral, sans bouger, tandis qu'il laissait enfin cette chose jaillir de lui sous la forme de sanglots retentissants. Le bras de Mack l'avait enveloppé et il avait eu toutes les peines du monde à dire : « ... des araignées sur la page, qui ne ressembleront jamais à rien d'autre qu'à des araignées ».

Il avait enfoui la tête dans la chemise de Mack. Elle sentait la cire à meuble et le pin.

Mack s'était éclairci la voix :

– Tu as un don, Sam. Un don comme le mien.

Sam avait pressé sa tête encore plus profond dans les plis de la chemise, et il avait écouté.

– Tu n'en es pas encore conscient, avait poursuivi Mack, mais c'est le bois. Il nous parle.

Quel était le rapport ?

– Déjà, tu sens le bois sous tes doigts. Je t'ai vu faire.

C'était vrai. Sam aimait à laisser courir ses doigts sur le bois en se demandant d'où il venait : le pin, des forêts de leur région, l'État de New York ; l'acajou, de jungles lointaines. Il connaissait les propriétés de chacun, savait en quoi on pouvait les transformer.

– Tu lis le bois, lui avait assuré Mack. C'est une chose que personne ou presque ne sait faire.

Mack avait soulevé le menton de Sam de ses grands doigts.

– Tu apprendras à lire, Sam. Cela te prendra peut-être plus de temps que la plupart des autres, et il est probable que ce ne soit jamais ton point fort. Mais tu as tout cela.

D'un large geste de la main, Mack avait montré l'intégralité de l'atelier, le bois empilé qui se transformerait en chaise ou en table, les outils rutilants. Puis, dans un filet de voix qui avait forcé Sam à tendre l'oreille, il avait ajouté :

– Tu m'as, moi, Sam. Moi, et Onji, et Anima. Et on t'aime plus que tout.

Des nuages s'interposèrent entre le soleil et la barque. Sam releva le col de sa veste et Chat de Nuit, presque à la manière d'un invertébré, glissa de la banquette arrière et vint se pelotonner contre lui.

Sam ne réfléchissait pas étape par étape. Il avait commencé par Caroline et il avait dévié

vers ce vieux souvenir. Il n'y avait rien d'éton-
nant à ce qu'il les mélange, ces syllabes et ces
mots.

– Par contre, je lis le bois, dit-il à Chat de
Nuit, et il se sentit mieux.

Mais alors lui revint la pensée qu'il avait
disparu.

Il replongea les rames, l'une vieille et de
couleur foncée, l'autre travaillée dans du bois
frais. Mack et lui l'avaient modelée et poncée
quelques jours plus tôt seulement.

Mack, Onji et Anima. Connaissaient-ils tous
les trois l'existence de cette coupure de journal ? Bien sûr, il ne leur poserait jamais la question directement. Il lui faudrait avancer étape
par étape, pour découvrir d'où il venait, même
s'il n'était pas certain de savoir ce qu'il ferait
une fois qu'il le saurait.

Une chose, comme aurait dit Caroline. Il ne
serait jamais heureux ailleurs.

5. TOUT COMMENCE

Parfois, Sam faisait un détour avant de rejoindre Mme Waring au centre de documentation. Il ouvrait la porte de l'entrée latérale, la poussait derrière lui en la bloquant avec un livre pour qu'elle ne se referme pas complètement, et s'asseyait dehors sur les trois marches pour respirer un peu d'air frais.

Ou bien encore, il se glissait discrètement le long du couloir jusqu'à la fontaine d'eau potable, où il faisait un concours de gargarismes avec Robert, qui, lui aussi, allait au centre de documentation, mais qui arrivait de la direction opposée.

Ils jouaient un jeu dangereux, car M. Ramon, le directeur adjoint, surveillait de près les couloirs.

Cet après-midi-là, Sam n'avait pas fait trois pas hors de la classe que Caroline ouvrit la porte :

– Tu vas à la médiathèque ?

Il s'arrêta net. Il ne lui avait toujours pas parlé de ses séances de lecture, et elle l'accompagnait chez lui l'après-midi même.

– Tu veux faire un tour dehors ? lui demanda-t-il.

– Pourquoi pas.

Elle le suivit à l'extérieur. L'herbe commençait à pousser et un merle babillait dans l'un des deux arbres que Mme Waring lui avait montrés quelques années plus tôt.

Sam s'assit sur les marches sans hésiter et Caroline l'imita.

– Une chose : a-t-on le droit de venir ici ? s'enquit-elle en enroulant ses cheveux en chignon.

Sam rit.

– Une chose : non.

D'un air de dire que ce n'était pas bien, elle agita une main. Elle avait mis du vernis sur ses ongles, un de ces horribles violets dont on peint les œufs de Pâques.

– Tu viens ici tous les jours après le déjeuner ?

Ses yeux s'agrandirent derrière ses lunettes.

– Quel cran !

Ainsi, elle avait remarqué.

– La plupart du temps, je vais au centre de documentation pour lire, lui répondit-il.

Elle se pencha pour toucher l'une des jonquilles qui poussaient sur le côté du perron. Il ne voyait plus son visage.

– J'ai un peu de mal à lire.

Un peu ?

– Ils appellent ça un trouble de l'apprentissage. Je suis censé passer une partie de la journée avec la classe, et l'autre, au centre de documentation.

Il accéléra le rythme :

– Quand tu viendras travailler sur le château, tu pourras peut-être m'aider.

– Je n'ai jamais appris à personne à lire, mais pourquoi pas, je peux essayer.

L'idée le fit sourire : Caroline, s'efforçant de lui apprendre à déchiffrer des mots. Toutes les personnes qu'il connaissait s'y étaient attelées, avaient essayé, encore et encore ; elles ne voulaient pas admettre qu'il avait renoncé.

Anima lui faisait la lecture à voix haute tous les soirs, en suivant le texte du doigt pour qu'il distingue les mots. Mack lui découpait des cartes arborant une image et, sous cette dernière, le mot correspondant. Il les lui montrait, au hasard, aussi souvent que possible, et lui demandait de les lire. Onji lui-même avait collé des étiquettes dans sa sandwicherie, le long de son buffet à salades.

— *Macaroni*, Sam, pour l'amour du ciel ! Que veux-tu que ce soit d'autre ? s'était un jour exclamée Anima d'une voix douce. Onji, je ne crois pas qu'il y ait de *y* à *macaroni*, avait-elle ensuite ajouté.

Ils avaient tous ri, et Onji avait fait un clin d'œil à Sam :

— Tu vois, je ne sais pas très bien écrire, Sam.

Sam reprit la parole :

— Il y a une malle dans mon grenier. Tu pourrais m'expliquer ce que disent certaines choses, suggéra-t-il avec un vague geste de la main.

— Quel genre de *choses* ?

— Une coupure de journal avec ma photo, pour commencer. La légende dit que j'ai disparu. Mais quand ? répéta-t-il en hésitant. Et est-ce que je suis toujours porté disparu ?

Caroline le regarda de ses yeux de myope, ses lunettes posées sur ses genoux.

— Tu plaisantes.

— J'aimerais bien, lui répondit-il.

— J'essaierai.

Elle s'interrompit.

— Mais, écoute, je n'ai pas beaucoup de temps, reprit-elle.

Que lui avait-elle dit l'autre jour à la cantine ?
« Ne pense pas qu'on va devenir amis. Je ne
resterai pas ici assez longtemps. »

– Je vais bientôt aller vivre dans mon propre
château, précisa-t-elle.

– C'est toi qui plaisantes maintenant.

– Tu ne trouves pas que je ressemble à une
princesse ?

Elle sourit, révélant les bagues sur ses dents.
Ses joues étaient parsemées d'une constellation
de taches de rousseur.

– Je m'en vais, mais pas pour un château.

– Mais...

– Mon père est peintre, et nous allons là où
il trouve des sujets pour ses tableaux.

– Il pourrait en trouver ici. Je suis sûr qu'il
y a un million de maisons à peindre.

Elle rit.

– Ce qui l'intéresse, ce sont les couchers de
soleil, les vagues qui se brisent sur la grève, la
pluie qui tombe sur l'eau. Des choses comme
ça, dit-elle en agitant la main, ce qui fit tinter
ses bracelets. Ma mère, elle, sculpte des figurines en argile.

Elle haussa une épaule.

– Et moi, je n'arrive pas à tracer une ligne
droite.

Sam hocha la tête d'un air compatissant.

– On bouge tout le temps. L'hiver dernier,
on était en Californie, et au printemps, au

Canada. C'est la première fois que je viens dans l'État de New York.

Elle tendit les mains, admira ses doigts peints.

– Un ami de mon père nous a prêté cette maison en attendant que mon père décide de partir. Pour un endroit qui s'appelle Turnerville.

Sam ne voulait pas qu'elle se rende compte à quel point il était désolé de cette nouvelle. Aussi, il se contenta de ponctuer par :

– Turnerville ?

– Je crois que c'est toujours dans l'État de New York.

Les bracelets cliquetèrent une nouvelle fois.

– Comment fais-tu ? À bouger tout le temps...

Mais il s'interrompit. Ce n'était pas la première fois qu'un élève venait dans leur école pour quelques mois seulement. Le petit Chinois, dont le père travaillait dans les ordinateurs, était reparti au bout d'un an, et il avait par la suite envoyé des photos à la classe. Pareil pour cette fille, dont il avait oublié le prénom, dont la mère allait à l'université non loin de là. Elle avait quitté l'école aussi. Tout comme les enfants des familles qui cueillaient les pommes et faisaient les vendanges...

La porte s'ouvrit derrière eux.

– Incroyable ! Ils se font bronzer !

M. Ramon.

– Je vous donne deux minutes pour vous rendre là où vous devriez être.

Ils se levèrent sans demander leur reste. Sam remarqua que les joues de Caroline s'étaient empourprées. Elle n'avait probablement pas l'habitude de s'attirer des ennuis comme lui.

Il se glissa dans la salle de Mme Waring, en retard encore une fois et, les bras ouverts, balbutia :

– Je suis désolé...

Mme Waring secoua la tête d'un air chagrin.

Il ouvrit son livre, il se sentait bien. M. Ramon les avait laissé partir sans heure de retenue. Bien plus encore, Caroline était désormais au courant de ses difficultés, et elle ne s'en était pas formalisée. En outre, même en admettant qu'elle doive partir peu de temps après, ils avaient une certaine latitude. Elle ne déménagerait pas le lendemain, après tout.

6. LA MAISON

La cloche retentit et ils montèrent dans le car de ramassage. Sam passa d'un pas décidé devant le siège vide à côté de Caroline et poursuivit son chemin jusqu'au fond. Eric et lui avaient pour habitude de faire le voyage ensemble, et Sam en aurait entendu parler s'il s'était installé auprès de la nouvelle. « Une fille, MacKenzie ? »

Il s'assit lestement et gratifia Eric d'un petit coup de coude dans les côtes. Joseph, qui se trouvait dans la rangée juste derrière la leur, se pencha vers eux pour leur proposer des bonbons. Sam resta là, assis, à croquer ; lorsque le car s'arrêta, il se leva, se dirigea vers la porte et descendit. Il fit deux ou trois pas avant de se retourner. Caroline n'était pas là.

Le moteur ronfla et Sam regarda le car s'éloigner. Toutefois, à l'arrêt suivant, la porte s'ouvrit de nouveau. Un élève apparut, suivi de Caroline.

– Je lisais ! lui lança-t-elle en revenant vers lui.

Le pick-up de Mack était dans le parking. Sam se figea. Il était convaincu que, ce jour-là, Mack devait aller livrer un meuble. S'il restait à la maison, comment Caroline et lui pourraient-ils monter au grenier ? Il secoua la tête de dépit. Il avait tant espéré que ce serait possible.

Mack n'était pas dans l'atelier, mais il avait posé sur le comptoir le bol de fruits secs laissé par Anima, ainsi que les petits gâteaux apportés la veille au soir par Ellie, la fille d'Onji, dans leurs petits ramequins en papier crénelé.

Mack avait aussi prévu des bouteilles d'eau, et des serviettes en papier qu'il avait soigneusement pliées.

Sam observa Caroline, qui prenait la mesure du lieu en pianotant des doigts sur ses lèvres. L'écriteau en bois sur lequel il avait gravé « SAM », au-dessus de son établi. Une commode, récemment assemblée à la colle, maintenue par des pinces et tournée sur son flanc, exhalait une odeur d'encaustique. La fenêtre ouverte encadrait la rivière, de sorte que l'eau, les roseaux et les oiseaux semblaient partie intégrante de la pièce. Et cette dernière retentissait du criaillement de geais bleus apeurés par la présence d'un faucon qui volait en cercles au-dessus d'eux.

Perdue dans ses pensées, Caroline attrapa un fruit sec.

— Je n'ai jamais vu une maison aussi belle.

Ses paroles pétillèrent en Sam presque autant que l'eau gazeuse qu'il buvait. Caroline le remarqua dans ses yeux. Il lui sourit et lui montra le banc de la main.

— Assieds-toi, je vais chercher Mack.

Il sortit de la pièce, et, parvenu au pied de l'escalier appela. Mack n'était pas à l'étage, mais il n'avait pas dû aller bien loin. Il buvait probablement un café chez Onji.

Lorsque Sam revint, Caroline n'avait pas bougé de la fenêtre.

— Il y a un couple d'oies du Canada, là, juste devant, lui dit-elle. Bon, où sont ces papiers que tu voulais que je lise ? Ceux où ils disent que tu as disparu ?

— Chut... souffla Sam en tâchant de dissimuler sa déception. Ce ne sera pas pour aujourd'hui. On doit attendre que Mack parte livrer des meubles.

Le visage de Caroline s'allongea. Mais alors, elle remonta ses manches et lança :

– On doit commencer le château de toute façon.

– Exact.

De grandes planches de contreplaqué étaient empilées dans une caisse sous le panneau mural à outils. Caroline regarda Sam en traîner deux ou trois jusqu'à son établi.

– Tu vas y arriver ? lui demanda-t-elle.

– À les couper ? Ouais. Couper, poncer, assembler.

Elle sortit de sa poche un petit carnet vert.

– C'est pour notre journal de bord. Tu te souviens, Mme Stanek a dit...

Il l'interrompit :

– Commence par : « Contreplaqué : couches de bois superposées ».

Il se rendait bien compte qu'il cherchait à l'impressionner.

– C'est un bois facile à travailler. Par contre, il faut être prudent quand on le coupe.

Il en savait quelque chose ; il s'était blessé des dizaines de fois.

– D'accord, je vais le noter, dit Caroline.

Mais auparavant, elle passa la main sur la tranche d'une des planches.

– Ça commence, déjà une écharde ! s'exclama-t-elle soudain. Remarque, ç'aurait pu être pire.

— Attends qu'on utilise la scie.

Dans la maison voisine, Onji entonna une chanson. Il chantait fort et faux. Bientôt, Mack joignit sa voix, plus grave, plus assurée, à la sienne. C'était une vieille chanson, dont les paroles parlaient de ciels bleus, de ciels gris... Au bout d'un moment, tous d'eux partirent d'un éclat de rire.

— Qui est-ce ? demanda Caroline, en suçotant son doigt là où l'écharde était entrée.

— Onji, dans la sandwicherie d'à côté, et mon grand-père, Mack. Ça les prend parfois. Anima se plaint qu'ils lui cassent les oreilles.

— Qui est...

— Anima ? C'est la propriétaire de la Maison du Kerala, le restaurant indien au bout du bâtiment. Elle nous lit des livres, elle nous fait la cuisine, elle fait tout. Tu l'aimeras bien. Tu les aimeras tous les trois.

— Mon écharde est partie, lança Caroline en guise de réponse. Je vais vivre. Alors, parlons un peu de ce *disparu*.

Sam hésita.

— Je ne sais pas. Je n'ai que cette coupure de journal, et je n'avais que trois ans.

— Peu importe. Tout ce qui nous arrive se loge ici, répondit Caroline en tapotant son front du doigt. Il te suffit de l'en extraire.

– Anima me dit pareil. Pour elle, notre cerveau est un ordinateur. Quand on appuie sur le bon bouton, il se vide d'un coup.

Il sourit en repensant à Anima qui, chaque fois après cette phrase, lui faisait une grimace et ajoutait : « Le problème, c'est que je n'arrive pas à trouver le bouton. »

– J'ai plein de souvenirs d'enfance, murmura Caroline en tournant la tête vers la fenêtre. Je revois mon père qui me prend dans ses bras pour me montrer un de ses tableaux. À la place du soleil, j'avais vu un œuf.

Elle en traça la forme imaginaire et ses bracelets étincelèrent. Puis elle se pencha en avant.

– Je me souviens aussi du jour où ma sœur Denise est née. Ma mère m'a laissé choisir son deuxième prénom. J'ai opté pour Emma.

Sa voix se fit imperceptible.

– Je me rappelle chaque nouvelle école, chaque fois que je suis entrée dans ma nouvelle classe en plein milieu de trimestre, que tout le monde m'a regardée, et que je me suis sentie si…

Elle ne finit pas sa phrase, mais Sam se doutait que « mal » ou « atrocement mal » aurait suivi. Il se demanda ce que lui éprouverait s'il était obligé d'aller comme elle de ville en ville, d'école en école, sans jamais avoir le temps de se faire d'amis.

Caroline, elle, était passée à autre chose. Dressée sur la pointe des pieds, elle scrutait l'extérieur, et demanda :

– Et toi, de quoi te souviens-tu ? Il doit bien y avoir des images là-haut, dans ton cerveau.

– Peut-être.

Il hésita.

– Le gilet sur la coupure de journal.

Elle resta silencieuse.

– Je me demande si Anima ne l'a pas dans ses affaires.

Il tenta de raviver sa mémoire.

– Un jour, je l'aidais à ranger et je crois que je l'ai vu dans un tiroir. Il était tout abîmé.

Il revit les petites mains d'Anima s'approcher du gilet et lisser la laine feutrée.

C'est alors que Mack apparut dans l'encadrement de la porte, un sourire aux lèvres. Il avait fière allure, se dit Sam, et l'air gentil, avec ses yeux plissés.

– Bonjour, les enfants, lança-t-il. Heureux de te rencontrer, Caroline. Tout se passe bien ?

Ils hochèrent la tête. Il tapota un instant la tranche de la porte.

– Bien, j'ai deux ou trois choses à faire dans la cuisine, annonça-t-il avant de disparaître dans l'escalier.

Sam adressa un signe de tête à Caroline, pour lui signifier de ne rien dire.

– Pourquoi ne lui demandes-tu pas tout simplement ? murmura-t-elle.

Il s'approcha d'elle :

– J'ai menti. Il ne sait pas que je suis monté là-haut. Et puis, il y a plus que ça. C'est un secret depuis longtemps. S'il découvre que je suis au courant, peut-être que tout changera. Si ça se trouve, je ne devrais pas habiter ici.

Il écouta le bruit des pas de Mack au-dessus de leurs têtes et, le doigt pointé, ajouta :

– Chut...

– D'accord. Passons au château, alors.

Elle s'assouplit les poignets.

– Comment veux-tu qu'on s'y prenne ?

« Pense au château, pas au gilet et à sa provenance », se dit Sam intérieurement, avant de répondre :

– S'il est trop petit, il n'aura l'air de rien du tout. S'il est trop grand, il aura l'air... proche.

Le mot ne convenait pas.

– Il doit donner l'impression d'être loin, se reprit-il.

Sous un linceul de brume. Voilà une expression qu'Anima lui avait lue sans doute.

Sur une feuille, il entreprit de réaliser un schéma pour expliciter sa pensée. Il tenta de donner au château l'apparence de celui qu'ils avaient vu sur les images. Une tour, des tourelles, l'ensemble plus étroit que haut pour plus de grandeur.

Puis il pointa le doigt vers le contreplaqué sur l'établi.

– Tu veux bien essayer de tracer des lignes ? Avant de couper, on va dessiner les tourelles, et aussi des portes, arrondies en haut... ajouta-t-il en joignant le geste à la parole.

Les yeux clos, Caroline murmura :

– Ce sera un endroit où l'on aurait envie de vivre, à l'intérieur, pour toujours, sans jamais le quitter.

Il lui tendit un crayon et une règle, puis se cala contre le dossier de sa chaise et la regarda travailler, corriger, effacer ses erreurs du bout du doigt.

Il voulait vivre ici, juste ici, et nulle part ailleurs.

7. LE GRENIER

Le vendredi, Mack libéra la commode de ses pinces, la chargea dans son pick-up et s'en alla. Sam et Caroline étaient seuls dans l'atelier.

– On doit rester ici pour le cas où des clients arriveraient, expliqua Sam à Caroline. Mais il est possible que personne ne vienne. On va attendre quelques minutes, et puis on montera au grenier.

Sam sentit sa gorge se nouer. Le secret allait être levé, tout de suite, l'après-midi même.

Mack avait toute une collection de clés, des dizaines accrochées à un anneau en métal dans son tiroir fourre-tout, et une autre belle pile dans un de ses placards.

– J'en ai besoin d'une petite pour la malle. Elle est cadenassée.

Il étudia minutieusement chacun des deux assortiments. La plupart des clés étaient grandes, destinées à des portes d'entrée, ou bien en fer forgé. Mack utilisait ces dernières pour ouvrir de vieilles commodes qu'il achetait et restaurait avant de les revendre aux enchères.

Caroline rassembla les quelques petits modèles que Sam avait trouvés, et ils montèrent dans la chambre de Mack. Tout y était soigné : l'armoire sculptée, les brosses sur la commode, la photo en noir et blanc d'une femme portant un chapeau qui coiffait ses cheveux noirs. Cette femme était jeune, mais si elle avait été encore en vie, elle aurait été la grand-mère de Sam. Mack, un jour, avait caressé le cadre de la main. « Lydia. Elle t'aurait trouvé formidable, Sam. »

Sam ôta ses baskets et se mit debout sur la courtepointe bleu marine qui protégeait le lit. Il attrapa la corde qui permettait d'ouvrir la trappe sur laquelle était fixé l'escalier. Le mécanisme était lourd et descendit lentement.

Sam grimpa les marches, se mit debout sur le sol du grenier, puis se tourna et s'accroupit pour tendre la main à Caroline.

– Je peux me débrouiller toute seule, annonça-t-elle tout en ôtant ses baskets et en grimpant sur le lit à son tour. Je suis une dure.

Une dure. Ses propres mots.

La lumière qui filtrait par les fenêtres éclairait le grenier faiblement. Le rayon lumineux de la lampe de poche de Sam traversa la pièce et alla éclabousser le mur d'un motif circulaire. De petits craquements se firent entendre ; le bois reprenait sa place autour d'eux.

– Des respirations, dit Caroline.

– Des souris, lui répondit Sam pour plaisanter.

Ils s'agenouillèrent devant la malle et essayèrent les clés, l'une après l'autre. Il faisait une chaleur étouffante, et pourtant le printemps était à peine là ; Sam s'épongea le visage avec sa manche. Caroline, elle, semblait parfaitement à son aise ; assise sur ses talons, elle attendait. Sam s'obligea à ne pas regarder la coupure de journal. Pas encore.

Aucune clé ne convenait à la serrure.

Sam redescendit l'escalier escamotable à toute vitesse et s'empressa d'aller chercher un marteau et un tournevis dans l'atelier.

Au même moment, Onji entra par la porte de derrière.

– Je croyais que la fille était là.

– Elle est là, lui répondit Sam d'une voix étranglée.

Onji regarda autour de lui.

– Où se cache-t-elle ?

Sam ne savait que répondre, mais avant même qu'il puisse le faire, Onji reprit :

– Peu importe. Vous voulez venir boire un soda à la boutique, ou un chocolat ?

– Oui, mais si on a le temps seulement, d'accord ?

Il attendit qu'Onji soit ressorti. Lorsqu'il entendit son pas pesant s'éloigner dans l'allée, il attrapa le marteau et le tournevis et remonta quatre à quatre dans la chambre, où il vérifia par la fenêtre que le pick-up de Mack n'était pas réapparu. Seul Onji se trouvait dans le parking, les mains sur les hanches. Cherchait-il Caroline ? Fausse alerte : la voiture d'Ellie arrivait.

Sam sauta sur le lit de Mack et leva les bras pour empoigner la rampe de l'escalier. Perchée au centre de l'ouverture, Caroline le regardait, son visage quasi spectral dans le demi-jour.

Les outils à la main, Sam grimpa les marches.

– Si je fais sauter la serrure, je ne pourrai pas la réparer. Mack s'en rendra compte la prochaine fois qu'il viendra ici.

– C'est toi qui décides, lui dit Caroline.

Elle se pencha pour tirer doucement sur la coupure de journal.

– À mon avis, la plus grande partie de la feuille est à l'intérieur.

– Et d'autres choses aussi certainement.

Comment reculer désormais ? Il s'accroupit et inséra le tournevis dans la partie supérieure de la serrure. Sous les yeux écarquillés de Caroline, il donna un coup de marteau, manqua sa cible, et bossela le métal. Le son retentit dans ses oreilles.

Il fit plusieurs tentatives, jusqu'à ce qu'enfin la serrure cède. Sans se casser. Ils pourraient la refermer une fois leurs recherches terminées, et personne n'en saurait rien. Ils échangèrent un regard.

– Alors... dit Caroline.

Sam souleva le loquet et repoussa le battant. La coupure de journal tomba au sol en voletant, tandis qu'au fond de la malle apparaissait une pile de papiers. Sur le dessus se trouvait la photographie d'un bateau. Caroline l'attrapa.

– Un voilier. Magnifique.

Il allait savoir ce que l'article disait. Il pouvait attendre encore un peu. Il prit la photo des mains de Caroline. On voyait le voilier s'éloigner, ses voiles aussi blanches que la surface moutonneuse de l'océan. Le ciel en arrière-plan était d'un bleu tel qu'il éblouissait presque les yeux.

Quel effet cela ferait-il de partir en mer avec ce bateau ? Non dans un bras de rivière comme celui qui passait derrière la maison, mais dans une étendue d'eau vaste, profonde ?

Caroline avait ramassé la feuille de journal.

– Sam, commença-t-elle en levant les sourcils. Bell ?

– Oui.

– Disparu. Samedi, dans un accident de bateau.

Chat de Nuit, mouillé, ébouriffé, le son de cornes de brume, le bateau qui se renverse, l'eau qui arrive au niveau du rebord.

C'était donc cela ?

Caroline poursuivit :

– Selon les sources, des témoins auraient aperçu le garçon passer par-dessus bord, mais du fait des mauvaises conditions météorologiques, ils l'ont perdu de vue.

Caroline vint poser sa main sur l'épaule de Sam.

– Oh, Je-Suis-Sam...

Sam, qui tenait toujours la photographie du voilier, remarqua que ses mains tremblaient. Comment pouvait-il avoir si froid maintenant dans ce grenier calfeutré ? Il avait presque l'impression de se débattre dans cette eau, incapable de reprendre son souffle.

Était-ce ce bateau ? *Les vagues passent par-dessus le rebord, inondent tout ; la fourrure de Chat de Nuit sous ses doigts ; l'eau emplit sa bouche, sa gorge.*

Ils regardèrent de nouveau la photo, les cheveux bruns du garçon, ses cheveux, le gilet à fermeture Éclair. Sam Bell.

Caroline s'apprêtait à soulever la liasse de papiers retenue par un élastique lorsque Sam entendit le bruit d'un moteur.

– Le pick-up.

Il se mit debout aussi vite qu'il le put. Ils n'avaient pas le temps de ranger. C'est alors qu'il entrevit un ballot de tissu, un tissu à l'air familier.

Trop tard. Ils dévalèrent le petit escalier, refermèrent la trappe si brusquement qu'elle claqua contre le plafond. Tandis que Caroline attrapait leurs baskets à la hâte, Sam lissa la courtepointe. À demi chaussés, ils descendirent les marches quatre à quatre et se précipitèrent dans l'atelier, pantelants, juste avant que Mack n'ouvre la porte d'entrée.

Sam avait toujours la photographie du voilier dans la main ; discrètement, il la posa sur l'établi, face retournée.

– Vous avez faim, les enfants ? leur demanda Mack. Vous voulez goûter ? Je peux aller vous chercher ce qu'il faut chez Onji.

– Non, ça va, merci, lui répondit Sam.

– D'accord, j'y vais tout seul alors. Je crois que j'ai besoin d'un petit café.

L'autobus de Caroline ne passait qu'une demi-heure plus tard.

– On va travailler sur le château.

Sam avait prononcé ces mots de la voix la plus égale possible.

Mack ressortit.

– Je vais noter ce qu'on a vu en haut à la fin du carnet.

Sam fixait toujours la porte.

– On va découvrir la vérité, toute la vérité, avant mon départ. Et on finira le château aussi, murmura Caroline d'une voix incertaine.

Il savait qu'elle n'en était pas convaincue ; lui non plus.

8. LE BATEAU

Il faisait froid et noir. Sam attendit que Mack soit endormi. Il était près de minuit lorsqu'il se glissa dehors et se rendit dans le hangar, au son de l'eau qui lapait les rochers devant lui. Avec peine, il décrocha l'échelle qui était suspendue au mur à un crochet; elle était en piteux état avec son barreau manquant.

Il l'appuya contre la façade de leur maison; elle dépassait de peu la fenêtre de sa chambre. Les yeux plissés, il leva la tête dans l'obscurité. D'une façon ou d'une autre, ce soir, il réussirait à remonter au grenier.

S'il se mettait debout sur le dernier barreau de l'échelle, serait-il assez grand pour ouvrir la lucarne et se hisser à l'intérieur de la pièce?

Il se tuerait sans doute.

Toutefois, la gouttière était encore fixée à la partie supérieure du mur. Une fois en haut, peut-être pourrait-il l'attraper d'une main, sans trop peser sur elle, et s'en servir de point d'appui durant les une ou deux secondes nécessaires à son mouvement.

Il avait décidé de descendre tout ce qu'ils avaient trouvé dans la malle. Il retourna dans l'atelier sur la pointe des pieds et prit un sac en plastique pour pouvoir transporter les affaires qu'il rapporterait.

Il monta à l'échelle. Chat de Nuit était là, les pattes de devant posées sur le premier barreau, la tête levée.

– Va-t'en! chuchota Sam.

Le chat miaula.

– Allez!

Il avait parlé trop fort. Des lampes s'allumèrent dans l'appartement d'Anima, puis dans celui d'Onji.

Sam se plaqua contre le mur et, parfaitement immobile, retint son souffle, tandis que le chat montait d'un barreau, en miaulant toujours.

La fenêtre d'Onji s'ouvrit, sa tête apparut, tourna de droite à gauche; pareil chez Anima.

– C'est le chat, lança Onji.

– J'y vais, répondit Anima.

Il n'y avait pas de lune ce soir-là, seul un miroitement à la surface de l'eau. Sam redescendit de quelques barreaux...

– Je l'ai entendu ! lança-t-il alors à l'intention d'Onji et d'Anima, dans l'espoir qu'ils le croiraient encore dans sa chambre. Je descends lui ouvrir.

– Ce chat réveille tout le monde, s'irrita Onji.

– Ce chat ! s'exclama Anima, mais il y avait un rire dans sa voix.

Combien de fois l'avaient-ils répété ? « Ce chat ! » Lorsqu'il grimpait jusqu'à la cime d'un arbre sans plus savoir comment redescendre ? Lorsqu'il voulait sortir au beau milieu de la nuit ? Lorsqu'il réclamait à manger ?

Désormais au pied de l'échelle, Sam prit Chat de Nuit dans ses bras. C'est alors qu'une autre phrase lui revint : « Si je mets la main sur ce chat ! » Qui parlait de cette façon ? Les mots semblaient émerger d'un vague souvenir.

Sam resta là, debout, à caresser Chat de Nuit, sur le dos, sous le menton. Il appuya sa tête contre la sienne.

– Je crois qu'on en a vu de belles, toi et moi, lui murmura-t-il tout en se demandant pourquoi il lui disait cela.

Il contourna le bâtiment. Une fois le chat ramené dans l'atelier, il s'empressa de repartir.

Il remonta à l'échelle, les barreaux tressautant sous ses pieds. Mais Chat de Nuit recommença à miauler, ses pattes contre la fenêtre. Alors que Sam baissait la tête pour lui faire signe de se taire, son pied glissa.

Il empoigna le barreau des deux mains et attendit, dans l'espoir que personne n'avait entendu. Il se promit de ne plus regarder autre chose que le mur à quelques centimètres de son nez.

Les yeux ainsi rivés droit devant lui, il reprit son ascension jusqu'à ce qu'il atteigne l'avant-dernier barreau de l'échelle. D'une main, il chercha alors la gouttière qui poursuivait sa route jusqu'au toit, parallèle à lui. Elle était froide sous ses doigts, et elle oscilla.

Il souleva un pied, puis l'autre. Il était sur le dernier barreau. Lentement, il se dressa, de toute sa hauteur, pour se mettre au niveau de la lucarne. Tout semblait bouger, la gouttière, l'échelle, jusqu'au vent qui, soudain, contourna en rafale l'angle du bâtiment. Avec la paume de la main, Sam fit glisser le châssis et se propulsa à l'intérieur du grenier.

Il était fatigué. Il attrapa la petite liasse de papiers qu'ils avaient laissée à côté de la malle, puis le ballot de tissu, et glissa le tout dans le sac plastique. Il remarqua alors la coupure de journal, par terre, elle aussi ; il la replaça dans la malle vide. Il n'en avait plus besoin; il savait ce qu'elle disait maintenant.

Il en avait terminé avec le grenier.

Si seulement il avait pu redescendre autrement. Il respira profondément. Le sac suspendu à son poignet, il passa les jambes par-dessus le rebord de la fenêtre, empoigna d'une main la gouttière et chercha du pied l'échelle, qui grinçait contre le mur. Il finit par trouver le premier barreau, puis le deuxième. Le reste fut simple. Arrivé en bas toutefois, il s'adossa à la maison en attendant que son cœur cesse de tambouriner à ses oreilles.

Il rangea l'échelle dans le hangar et remonta dans sa chambre, impatient d'étudier ce ballot de tissu qu'il lui semblait reconnaître. Il attendit que Chat de Nuit daigne entrer de son pas silencieux, puis il ferma la porte et, soulagé, s'appuya contre elle quelques instants pour reprendre son souffle.

Il alluma la lampe près de son lit et posa la liasse de papiers sur sa commode. Ce qu'il voulait examiner, c'était ce ballot de tissu taché par l'eau. Il lui fallut du temps pour dénouer les nœuds de la cordelette qui le tenait fermé. Il s'y appliqua sans se presser, avec soin. Enfin, le tissu s'ouvrit.

Sam resta sans bouger, les yeux rivés sur les pièces détachées qui s'y trouvaient; il les effleura du doigt, puis décida de se lancer. Sur la pointe des pieds, il ressortit de sa chambre et redescendit chercher un tube de colle dans l'atelier.

De retour en haut, il eut froid ; il jeta sa courtepointe sur ses épaules et s'assit sur le bord de son lit. Puis il entreprit la construction de ce qu'il savait désormais être un voilier ; pièce après pièce, il donna forme à la petite cabine, colla les minuscules brins de ficelle qui faisaient office de filière.

Lorsqu'il ne lui resta plus que deux morceaux de bois, longs, effilés et cylindriques, il comprit que le voilier était un deux-mâts. Il mit un point de colle dans chaque trou percé dans le pont, puis il y plaça les deux morceaux de bois, deux mâts parfaitement égaux, qui ressemblaient à un nombre.

Onze.

Il lissa de son mieux les petites voiles, les fixa aux mâts. Le bateau était terminé. Il le leva devant ses yeux, caressa doucement les voiles, fit courir ses doigts sur le bois, le long des deux mâts.

Ce voilier lui avait appartenu.

Il redressa le dos. Lorsque Mme Waring lui avait montré les deux arbres devant la fenêtre, que lui avait-elle dit ? Quelque chose comme :

« On le sait en regardant. Ce sont des arbres, et rien d'autre. »

C'était le sien.

Ce n'était pas sa forme qui le lui disait, mais la sensation qu'il provoquait en lui. Il l'aurait reconnu même s'il avait été aveugle, il l'aurait reconnu au toucher : c'était son voilier, et rien d'autre. Il repensa à la lecture. S'il avait été capable de sentir les lettres avec ses doigts, de mettre ses mains en coupe autour des mots, peut-être tout aurait-il été différent.

Il avait joué avec ce voilier lorsqu'il était petit. À genoux au bord d'une eau verte et fraîche, il l'avait regardé s'éloigner, ballotté par des vaguelettes, au bout de la bobine de fil qu'il tenait.

Était-ce vrai ? Cela s'était-il réellement passé ?

Oui. Le fil avait disparu, mais la minuscule pointe à laquelle il était accroché se trouvait toujours là, rouillée sous ses doigts.

Il essaya de faire le tour de ses autres souvenirs. Ce petit bateau aux deux mâts dans le creux de ses mains, il s'efforça de faire renaître des images, de faire renaître quelque image que ce soit.

Où l'avait-il fait flotter ?

Il serra les paupières, tenta de se concentrer. Anima avait dit : « Ton cerveau est un ordinateur. » Et Caroline avait dit : « Tout ce qui nous arrive se loge ici. »

Son cerveau souffrait d'un vice de fabrication. Il n'en sortait aucune information.

Mais brusquement, il eut une pensée : la maquette reproduisait le voilier de la photographie. Si cette dernière avait été prise sous un angle différent, il aurait vu les grands mâts jumeaux. Il se serait alors probablement souvenu de quelque chose, en les regardant, ces deux mâts qui se détachaient sur le ciel bleu.

Qu'était-il arrivé à ce bateau ? Un jour, se promit-il, il en construirait un comme lui.

Avec soin, il posa la maquette dans l'armoire, tout en bas, et il éteignit la lampe. Il se coucha, enroulé dans la courtepointe, Chat de Nuit à ses pieds.

Alors qu'il cherchait le sommeil, il repensa au garçon qui agitait les mains. À la femme qui criait : « Donne-lui, Sam. Donne-lui. » Au chat sous la table, le dos arqué, qui sifflait en la regardant. « Si je mets la main sur ce chat ! »

Son bateau.

Il l'avait entouré de ses bras, mais elle s'était avancée pour le lui prendre, cette énorme femme dont l'ombre sur le mur les engloutissait tous les deux. Il avait entendu le bruit d'un des mâts qui se cassait en deux.

Il resta là, allongé, attendant que son cœur cesse de battre la chamade, que sa peur diminue. Puis il chercha l'interrupteur à tâtons et repartit vers l'armoire, certain de ce qu'il y verrait.

Le mât de droite avait été réparé avec une telle adresse que seule une personne cherchant activement le point de colle pouvait le remarquer.

Il se laissa tomber au sol, le bateau dans les mains, la bouche sèche, terrorisé. Et si sa place était dans cet endroit avec cette femme ? Dans cette maison à la cuisine blanche et froide ?

9. LE CENTRE DE DOCUMENTATION

Avant de partir pour l'école, Sam divisa en deux la liasse de papiers trouvée dans le grenier et répartit chaque moitié dans les poches de sa veste. Il devait montrer ces documents à Caroline, mais il voulait d'abord les étudier lui-même, peu importe s'il n'en déchiffrait que deux ou trois mots.

Après le déjeuner, il descendit retrouver Mme Waring. Le centre de documentation faisait pitié à voir. Une araignée errait sur le tableau noir, la table du fond était couverte de papiers éparpillés, des piles de livres zigzaguaient jusqu'à mi-mur, des livres pour débutants, aux couvertures gondolées.

Mme Waring lui avait dit une fois qu'elle aussi trouvait cette salle pitoyable, et ce malgré la dizaine de plantes alignées sur le rebord des fenêtres et les photos au mur de vagues déferlant sur de belles plages ensoleillées.

Le bureau de Mme Waring, lui, était convenable. Un élève lui avait apporté un bocal en verre empli de sable et de coquillages, dans lequel elle avait ajouté un poisson en bois rayé, la bouche ronde. À Sam, ce poisson lui rappelait Joseph, qui, chaque jour, assis en face de lui, gobait tous les restes, quels qu'ils soient, de son déjeuner.

Mme Waring leur distribuait des petits livres d'exercices à trous. Il fallait, grâce au contexte, y compléter des phrases telles que : « Prenez votre p......... quand il pleut. » Pour plaisanter, Joseph avait répondu « pantalon », et Mme Waring elle-même avait ri.

– Choisissez des mots pertinents, leur indiqua-t-elle ce jour-là.

Sam prit son crayon et pencha la tête sur son livre. Mais, discrètement, il tira de sa poche l'un des papiers qui provenaient du grenier. Il le glissa dans son pupitre à moitié, de façon à pouvoir le consulter. La page était pleine de colonnes de nombres. Des horaires.

Il jeta un coup d'œil en direction de Mme Waring pour s'assurer qu'elle ne s'était pas levée ; elle le fixait. Il fronça les sourcils, feignant de chercher une réponse. La question était d'une simplicité désarmante : « Les tigres vivent dans la j....... » Il y avait même le dessin d'un tigre dans la marge. Toutefois, épeler « jungle » n'était pas si simple que cela.

En haut de la liste des horaires se trouvaient quelques mots : « Été », puis : « Heures des... ». Quelque chose avec un F. Un F ?

Fixées ? Non. *Fermées ?* Non plus. Il fallait que le mot ait du sens.

Mme Waring s'éclaircit la voix et Sam se concentra de nouveau sur son livret d'exercices. Le mot à compléter dans la phrase suivante commençait par un C, un nom de pays, la Chine probablement.

Lui revint alors le souvenir d'un épisode survenu en CE1. Il regarda les trois pots de géraniums sur le rebord de la fenêtre. Ils fleurissaient tout l'hiver, rouge et orange, et leurs feuilles crantées ainsi que la terre humide dans laquelle ils étaient plantés exhalaient une odeur puissante. Seuls Mme Waring et lui-même savaient ce qui se trouvait sous le troisième pot.

Cette année-là, Mme Waring venait encore le chercher à la porte de sa classe, où elle attendait qu'il se rende compte de sa présence. Lorsqu'il lui arrivait de ne pas la remarquer, l'un de ses camarades lui lançait : « Hé, ton autre maîtresse est là ! »

– Où vas-tu ? lui demandait régulièrement Eric.

– En Chine, lui avait-il répondu une fois, en colère.

– Il ne sait pas épeler *Chine*, avait chuchoté Marcy. Il ne sait pas épeler *chat* non plus.

Marcy, une peste, déjà.

– Je veux épeler *chat*, avait-il déclaré à Mme Waring ce jour-là.

Elle lui avait pris la main gauche, avait rapproché le bout de son pouce et de son index, avant d'insérer son propre index entre les deux pour les écarter légèrement.

– Si je laisse mon doigt au bas de ce cercle, tu obtiens un G. Est-ce que tu le vois ?

– Je me moque du G. Je veux savoir écrire *chat*.

– Si je retire mon doigt, tu obtiens un C.

Elle avait alors remonté la manche gauche de Sam, à la recherche de quelque chose, puis elle avait ajouté :

– Utilise cette main, celle sur laquelle tu as la tache de rousseur. N'oublie pas : C pour *chat*.

Quelqu'un l'avait appelée à cet instant-là, et elle avait dû quitter le centre de documentation. Il l'avait attendue. Les élèves de sa classe étaient passés devant la salle, en route pour la récréation, et il avait senti cette boule se former dans sa poitrine. Il avait écouté le tic-tac de la pendule au-dessus de sa tête, et il avait baissé les yeux. Elle ne revenait pas.

Il s'était levé et s'était dirigé vers son bureau. Une paire de petits ciseaux se dressait dans un gobelet; les bouts étaient arrondis, mais ils s'étaient enfoncés dans le bois du rebord de la fenêtre sans aucune difficulté. Il avait gravé un C.

C'est un autre enseignant qui l'avait surpris. Aussi, il avait été forcé d'attendre à nouveau, cette fois dans le bureau de la directrice, tandis qu'ils appelaient Mack.

— Désolé, avait dit Sam à Mack, à peine celui-ci arrivé, le visage inquiet.

Et « désolé », il l'avait dit aussi à Mme Atkins, la directrice. Il ne pouvait imaginer ce qui l'avait poussé à entailler le bois du rebord de la fenêtre. Néanmoins, la colère était toujours là, brûlante dans sa poitrine.

Sur le chemin du retour, Mack avait dit :

— Le pin, c'est un bois tendre. Il est facile de le couper et de l'abîmer.

Il avait posé sa main sur la tête de Sam.

— Ils m'ont laissé tout seul, avait murmuré Sam.

Mack avait hésité.

— C'est terrible d'être seul.

– Il y avait quelque chose dans ma poitrine.

– Oui, je sais.

Sam avait levé vers Mack des yeux étonnés.

– Vraiment ?

– La prochaine fois que tu seras en colère, attends d'être rentré à la maison. Je te montrerai comment te libérer de cette chose dans ta poitrine.

Nouvelle hésitation.

– C'est ce que je faisais avant.

Dans l'atelier, Mack lui avait donné un bloc de bois dans lequel trois grosses pointes étaient enfoncées aux deux tiers.

– Prends ton marteau, lui avait-il dit. Et frappe. Frappe fort.

Sam s'était exécuté, cette fois-là, puis des dizaines de fois par la suite. Sa colère était toujours liée à son incapacité à lire. Il martelait les pointes tant que la boule dans sa poitrine ne s'était pas dissoute.

Le lendemain, Mme Waring lui avait annoncé, la main sur son épaule :

– Nous allons mettre un pot de fleurs sur le C. Et, un jour, nous l'enlèverons et nous nous souviendrons à quel point cette époque était difficile.

Sam fixa son regard sur le livret d'exercices devant lui. Mack avait dit : « C'est terrible d'être seul. »

Mack avait-il été seul aussi ?

Et : « C'est ce que je faisais avant. »

Il n'avait jamais vu Mack en colère. Il ne l'avait jamais vu marteler un bloc de bois. Pourtant, Mack avait compris ce qu'il ressentait.

– Allez, les enfants, dépêchez-vous ! lança Mme Waring.

La troisième phrase du livret avait un rapport avec l'eau.

Sam contempla la brochure des horaires. *Ferry.* C'était cela.

Heures d'été des ferries.

Un horaire de bateaux.

Il se demanda d'où le voilier était venu et vers où il s'en était allé.

10. INDICES

Du coin de l'œil, Sam remarqua un mouvement derrière la porte vitrée. Caroline ? Oui, elle était là, dans le couloir, ses lunettes glissées au bout du nez, en train d'agiter la main pour attirer son attention.

Comme si de rien n'était, Sam se leva, s'approcha du bureau de Mme Waring, y prit sa carte d'accès au centre de documentation et sortit sans hésiter. Il suivit Caroline dans le couloir tout en essayant de penser à un endroit où aller.

Ils montèrent au troisième étage et s'arrêtèrent sur le palier.

— Une chose, dit Caroline. On aurait dû vérifier dans l'article du journal où l'accident a eu lieu.

– Tu as raison, répondit Sam lentement, en secouant la tête avec regret.

– Le nom du journal lui-même pourrait nous aider, ainsi que la date de parution.

Les lèvres entrouvertes, Sam souffla longuement. La coupure de journal était restée au grenier. Il lui faudrait y repartir. Mais pas par l'échelle, ni par la gouttière. Ce serait une folie. Il serait obligé d'attendre de pouvoir passer par la chambre de Mack.

Caroline lui tapota le bras.

– Si on savait dans quelle région le journal a été imprimé, on pourrait le retrouver sur l'ordinateur de la médiathèque et en consulter les archives du lendemain et du surlendemain.

Elle se rapprocha de lui :

– Ne t'inquiète pas, on sait que tu es vivant, murmura-t-elle en souriant. Tout juste.

Il s'efforça de lui rendre son sourire :

– J'ai les autres papiers dans ma poche. Des horaires de ferries. Et, une chose... ajouta-t-il en reprenant son expression. Je les ai étudiés rapidement. Il y en avait beaucoup, donc peu importe où c'était, à mon avis, la traversée était courte.

Ils s'assirent sur la dernière marche et Sam tendit le reste des documents à Caroline.

– Ça, c'est un permis de conduire au nom de Mack, expliqua Caroline. Enregistré en Floride.

Tout en comptant, elle remonta ses lunettes sur son nez.

– Il y a huit ans.

– J'avais trois ans.

Elle lui jeta un coup d'œil.

– Et ça, voyons ce que c'est, poursuivit-elle.

Sam se pencha pour regarder le petit morceau de papier qu'elle tenait, taché par l'eau de la même façon que les voiles du bateau l'avaient été : *Foyer pour enfants, 11ᵉ Rue.*

Il ferma les yeux.

– Sam ?

Il ne répondit pas. Ses souvenirs étaient donc réels. La cuisine blanche, cette horrible femme, le garçon qui agitait les mains, jusqu'à Chat de Nuit, filant se réfugier sous la table, apeuré, lui aussi.

Le mur carrelé près de lui était froid ; il avait froid. Cette révélation était bien pire que la découverte de la coupure de journal. Mack ne pouvait pas être son grand-père, Lydia ne pouvait pas être sa grand-mère. Et qui sait qui étaient ses parents ?

Il y eut un bruit métallique contre la rampe : M. Ramon agitait ses clés. Il les fixait d'un regard furieux, debout en bas de l'escalier.

– Je vous trouve encore une fois là où vous n'êtes pas censés vous trouver.

Il souleva les sourcils à l'intention de Caroline :

– Tu n'es là que depuis un mois ou deux, toi, n'est-ce pas ?

– Je crois, oui.

– Et tu t'es déjà associée à Sam MacKenzie !

Bell.

Caroline rougit. Ils descendirent l'escalier, passèrent devant l'adjoint de la directrice, et s'éloignèrent de lui à petits pas vifs.

Sam laissa Caroline devant la porte de la classe.

– Je suis désolé de t'avoir attiré des ennuis, s'excusa-t-il.

– Je m'en moque. D'ici deux ou trois semaines, un mois au maximum, je ne serai plus là.

Il repartit au centre de documentation. À son arrivée, Mme Waring jeta un coup d'œil à la pendule accrochée au mur.

– L'heure de cours est terminée.

– Désolé, murmura-t-il.

Il ne pouvait s'empêcher d'y penser. Le soir, lorsqu'il se prépara à aller se coucher, les mots continuaient d'envahir ses pensées, de lui nouer la gorge : *Foyer pour enfants, 11ᵉ Rue.*

– J'aimerais bien que tu saches parler, dit-il à Chat de Nuit. Tu pourrais nous raconter notre histoire.

Et Caroline ? Il ne pouvait plus imaginer l'école sans elle.

Le rêve de Sam.

Les voiles claquent au-dessus de leurs
têtes, tandis qu'ils se fraient un chemin
à travers la glace.
Des îles de glace.
Quelqu'un à la barre lance : « Elles viennent
du ciel. »
Le Créateur les a laissées tomber.
Une maison passe en tournoyant,
un drapeau.
Il lève les yeux, les lève encore, et voit
– une île, en forme de cœur.
Au premier plan, un mur en pierre de
couleur rosée,
et derrière, surélevé,
un château, entouré d'arbres, avec plus de
tours
qu'il ne peut les compter. Les toits, hauts
et ronds, touchent le ciel,
les fenêtres reflètent l'eau.
À l'intérieur, des hommes au travail.
Des bruits de pas. Les siens ?
Il veut rester là et observer le château pour
toujours.
« Un beau château », dit quelqu'un.
« Oui, beau. »

11. LE CHÂTEAU

Le Moyen Âge. Le milieu de la nuit. Il rêvait.
Il avait les yeux fermés, mais il s'entendit
parler.

Il s'assit, et regarda par la fenêtre. Oui, il faisait encore nuit, mais il était tout éveillé. Il
balança les jambes hors du lit, posa les pieds
par terre. Le sol était froid.

Il chercha à tâtons son jean, ses baskets, son
sweat-shirt si chaud, puis il se dirigea vers la
porte, Chat de Nuit sur les talons. Il oubliait
déjà son rêve. Debout, la main sur la poignée,
il s'appliqua à se le remémorer : un château,
mais différent de celui que représentait l'image
de Mme Stanek.

En bas, il s'arrêta dans la cuisine pour y prendre une poignée de céréales au riz soufflé, puis il se rendit dans l'atelier, où il alluma le plafonnier.

Il étudia le croquis qu'il avait réalisé pour Caroline et le château qu'ils avaient commencé. Ils faisaient fausse route ; son croquis était digne d'un dessin de bébé. Le château aurait des côtés plats et seules les tours en sa partie supérieure lui donneraient du relief.

Rien à voir avec le château de son rêve. Celui-ci n'avait pas de tourelles. Il était surmonté de tours, certaines rondes, d'autres carrées, de toits en tuiles, et c'était ses propres murs de pierre qui, ici et là, formaient saillie.

Quant aux fenêtres, elles étaient trop nombreuses pour être comptées.

Et hautes, si loin au-dessus...

Au-dessus de quoi ?

Cette partie du rêve s'était déjà envolée. Il s'efforça de la raviver. Trop tard.

Il s'était trouvé des personnes dans ce château, des personnes qu'il connaissait, mais elles avaient disparu, elles aussi. Seul persistait dans sa mémoire le bruit de pas retentissants, des pieds d'enfant. Les siens ? Il se demanda si quelqu'un ne l'avait pas poursuivi en murmurant : « Chut... »

Tant pis, il voulait s'appesantir sur le château de son rêve. C'était celui-là qu'il construirait.

Il savait qu'il le pourrait. Peu importait ce que penserait l'école. Ou Mme Stanek. Ou qui que ce soit, hormis lui-même. Et Caroline. « N'oublie pas Caroline. »

Il construirait ce château, le finirait avant qu'elle ne parte, n'omettrait aucun détail.

Il dessina ce dont il se souvenait au verso de son dessin d'origine. Il en fit le croquis, aurait dit Mme Mallett, son professeur d'arts plastiques. Sans se préoccuper de l'échelle, de l'exactitude. Il voulait simplement inscrire son rêve avant que ce dernier disparaisse tout à fait.

Il envisagea de repartir se coucher, mais il était complètement réveillé. Il attrapa sur l'étagère au-dessus de son établi le livre qu'Anima lui avait offert pour son anniversaire, tourna les pages, chercha, jusqu'à ce qu'il trouve un petit meuble aux côtés pleins. Il l'étudia. Quelques pages plus loin, il remarqua le dessin d'une colonne. Il observa la façon dont elle était construite. Les deux techniques lui serviraient.

Il saisit une autre feuille de papier et une règle, compta, traça, effaça, recommença, son dos douloureux à force de rester penché. Il finit néanmoins par obtenir un croquis bien proportionné.

Il prit des morceaux de bois dans la caisse et se mit à mesurer...

... à tirer des traits...

... à couper une première forme...

... une deuxième.

Il continua. Cinq éléments pour chaque côté. Il se parlait à lui-même tout en travaillant : « Deux de la même dimension pour les extrémités, trois plus petits pour la partie en saillie. »

La façade nécessiterait plus de découpes, non seulement pour les saillies en carré, mais aussi pour les colonnes.

Il lui sembla que quelques minutes seulement s'étaient écoulées, mais lorsqu'il leva les yeux, il se rendit compte qu'il était bien plus tard qu'il ne le pensait ; de la lumière entrait par la fenêtre, et le ciel se détachait de la rivière. Un couple de colombes tristes échangea des roucoulements et un geai lança son cri strident depuis la cime d'un saule.

Sam œuvra jusqu'à ce qu'il soit presque l'heure pour Mack de se lever ; il posa alors les morceaux de bois à plat sur son établi.

Plus tard, il poncerait chacun d'eux, des deux côtés, bien qu'une seule face soit visible au bout du compte ; l'intérieur serait aussi lisse que l'extérieur.

Il recouvrit le tout d'un tissu. Mack savait que Sam et Caroline construisaient un château pour l'école, mais il ne le regarderait pas tant que Sam ne lui demanderait pas de le faire, ne l'y inviterait pas.

Tant qu'il n'était pas terminé, Sam ne le montrerait qu'à Caroline.

Il remonta dans sa chambre et ôta ses baskets, puis il ouvrit l'armoire et en sortit la maquette du bateau. Il effleura sa surface lisse, les courbes de la coque, et le souvenir d'avoir joué avec lui lui revint, ainsi que l'image vague d'une eau verte et la sensation de porter ce gilet à fermeture Éclair.

Il laissa courir ses doigts le long des deux mâts délicats, palpa l'imperceptible point de colle. Ce n'était pas un bateau que quelqu'un avait acheté dans un magasin. C'était un bateau que quelqu'un avait fabriqué, pour lequel ce quelqu'un s'était donné du mal, avait passé des heures à travailler.

Mack.

Qui d'autre sinon.

Mack, qui avait peur de l'eau.

Sam fabriquerait son château de la même façon, il se donnerait du mal, il y passerait des heures. Et son château survivrait aussi longtemps que ce bateau. Grâce au livre d'Anima, il avait appris à découper les bords des morceaux de bois de façon que les raccords soient invisibles. Il avait appris à tailler le verre. Il avait appris tout ce qu'il ne savait pas.

Il était impatient de le raconter à Caroline.

Il se glissa sous sa couette chaude, le bateau toujours dans ses mains, et il ferma les yeux.

12. ONJI

Vers la fin de l'après-midi, Mack partit à une vente aux enchères, d'où il espérait revenir avec une table à remettre en état.

– C'est loin, et le temps est mauvais, dit-il à Sam en levant les yeux vers le ciel de plomb. Reste au magasin, et après, va dîner avec Onji.

Debout dans le parking, les épaules voûtées pour se protéger de la pluie qui commençait à tomber, Sam regarda Mack faire marche arrière. Il allait ralentir, se pencher à sa portière...

Et oui. Parvenu au milieu du parking, Mack lui lança :

– Fais attention... N'accepte pas les clients après cinq heures... Ferme à clé...

Sa voix finit par se perdre dans le vacarme du tuyau d'échappement, tandis qu'il tournait et prenait la direction de la nationale.

Sam resta sans bouger. Parfois, Mack était distrait. Il risquait de revenir chercher l'itinéraire, ou son portefeuille, entre autres. Et s'il le trouvait en haut, en train de grimper au grenier ? Non pas que l'accès lui soit interdit. Mais quelle excuse pourrait-il lui donner ? Comment pourrait-il s'expliquer ?

Au bout d'un moment, il rentra et s'ébroua comme Chat de Nuit l'aurait fait. Il jeta un coup d'œil à la pendule au-dessus de l'établi de Mack. Il se donnerait cinq minutes.

Il entreprit de poncer les bords des morceaux qui constitueraient les murs de son château. Sans les regarder, il laissait ses doigts lui indiquer les endroits où il devait repasser le rabot, où un coup de papier de verre suffirait.

Dehors, le vent s'était levé et la nuit tombait. Les fenêtres vibraient légèrement. Bien, que les clients restent chez eux.

Il regarda la pendule une nouvelle fois ; les aiguilles ne semblaient pas vouloir avancer. Il les fixa. Finalement, celle des minutes avança d'un cran. Seules la camionnette d'Onji et la

Toyota bleue d'Anima étaient garées dans le parking.

Maintenant.

Il monta dans la chambre de Mack et posa les yeux sur l'armoire dans l'angle. Il avait aidé Mack à la construire ; il en avait teint l'intérieur lui-même. Il se rappelait l'étagère sur laquelle il avait commencé au pinceau, l'endroit, en haut, où la teinture avait coulé en une bande étroite. Cette armoire était l'une des premières pièces que Mack et lui avaient réalisées ensemble.

Aussi, pourquoi n'aurait-il pas le droit d'en ouvrir les portes ?

Il eut l'impression de voir le visage de Mack devant lui. Ses cheveux épais, son front ridé. La main de Mack sur son épaule lorsque Sam finissait une étagère. « Je n'aurais pas mieux fait. »

Comment pourrait-il ouvrir cette armoire et fouiller dans les affaires de Mack ? C'était déjà bien assez mal qu'il aille dans le grenier.

Les yeux de Mack. Des yeux bleus. Des yeux limpides.

Des yeux honnêtes.

Sam secoua la tête, s'efforça de comprendre. Mack avait-il été honnête avec lui ? Il y avait tant de choses qu'il ne lui avait pas dites. Il ne disposait que de trois éléments : un nom, Bell ;

un lieu, le foyer pour enfants ; et l'accident en bateau. Auquel Mack était-il lié ?

De sa main, il effleura l'armoire, sans réussir à se convaincre de regarder à l'intérieur.

Il monta sur le lit pour attraper la corde nouée en boucle et ouvrit la trappe. C'est alors qu'il se rendit compte de son erreur. Il baissa les yeux et découvrit l'empreinte boueuse de sa chaussure sur la courtepointe. Il aurait dû faire attention. Il avait la tête ailleurs.

Il grimpa le petit escalier et, en un instant, avait récupéré la coupure de journal. Sans perdre de temps à la regarder, il la plia dans sa poche. À cet instant, la cloche tinta à la porte d'entrée et une voix tonitruante s'éleva :

– Sam !

Onji.

Sam se laissa glisser en bas des marches, il volait presque. Il tendit la main pour attraper la corde et relever la trappe, mais il se ravisa. Il n'y parviendrait jamais sans faire de bruit. En outre, Onji entendait toujours tout. Mieux valait attendre.

– Sam ?

– J'arrive !

Il passa rapidement la main sur les traces de boue et sortit dans le couloir.

Au bas de l'escalier, Onji souriait.

– Qu'est-ce que tu fais là-haut ?

– Rien.

Il s'efforça de prendre un air désœuvré.

Onji sortit un mouchoir de sa poche et s'épongea le visage.

– Il pleut des cordes dehors. Ferme tout. Je vais nous faire à manger chez moi.

Sam jeta un coup d'œil discret par-dessus son épaule.

– Je descends tout de suite.

Va-t'en, Onji, s'il te plaît.

– Je vais vérifier les fenêtres de derrière pendant que tu continues à ne rien faire, ironisa Onji.

Sam l'écouta se déplacer dans l'atelier en chantonnant, faux comme d'habitude. Il n'y avait pas d'autre solution. Il descendit le rejoindre devant la porte.

Et si Mack revenait avant qu'ils aient fini de manger ? Revenait pour découvrir la trappe béante au-dessus de son lit ? Sa courtepointe fripée et tachée de boue ?

Comment Sam pourrait-il se justifier ?

Il leva la main.

– Écoute, Onji...

Mais c'était inutile. Sans plus rien dire, il le suivit dehors, ferma la porte à clé, et courut. Il n'avait pas pris de veste.

Une fois dans l'arrière-cuisine d'Onji, il écouta la pluie tambouriner sur les fenêtres ; les carreaux étaient si embués qu'on ne voyait plus à travers. Le bureau d'Onji était ouvert. Sam regarda l'ordinateur et la photo d'Ellie posée sur le dessus.

Ellie souriait, le doigt pointé vers quelqu'un hors champ. Sam savait que ce quelqu'un était lui, on le lui avait assez dit. Il était tombé dans l'eau derrière chez eux, et il était ruisselant, les jambes couvertes de joncs collés.

– Tu es trempé, Sam.

Onji s'essuya les mains sur son énorme tablier et lança une serviette à Sam.

– Je te fais de la truite grillée, avec un zeste de citron et des amandes effilées.

Il ouvrit l'immense réfrigérateur.

– Que demander de mieux ?

– Est-ce que je peux t'aider ?

Sam cherchait une excuse pour repartir chez Mack.

– Je me demande si j'ai bien fermé la porte. Je ferais bien d'aller vérifier.

Onji laissa tomber une poignée de carottes sur le plan de travail juste devant lui.

– Voyons si tu es capable de les trancher sans te couper les doigts. On va les manger froides, croquantes. Ne t'inquiète pas, la porte est bien fermée.

Les aiguilles de la pendulette intégrée au four avancèrent d'une minute. Que c'était étrange. À l'école, lorsqu'il voulait que le temps passe vite, l'horloge semblait à peine bouger. Mais ce soir, le temps filait, il était presque six heures.

Sam essaya de calculer à quel moment Mack serait de retour. Trente minutes au plus pour arriver à la périphérie de la ville ; une heure environ pour la vente aux enchères ; trente minutes pour revenir. Trente plus une heure ou deux plus trente encore...

– Tu m'écoutes ?

– Quoi ?

Onji secoua la tête.

– Je te disais que j'ai attrapé la truite juste sous le pont. Il faisait froid dans cette rivière, même avec des jambières et une veste de pluie. Un gringalet comme toi y serait mort congelé.

– J'espère que tu avais ta casquette.

Sam leva des yeux ironiques vers la couronne de cheveux sur le pourtour du crâne d'Onji, mais intérieurement, il réfléchissait toujours. *Deux heures.* Cela lui laisserait-il le temps de manger et de nettoyer la courtepointe ?

– Oublie la casquette, reprit Onji en pointant le pouce vers le réfrigérateur. Là-dedans, il y a assez de poisson pour toi et moi, et pour des semaines. On va manger comme des rois chaque fois que Mack s'absentera.

Il se passa la main sur la tête.

– Tu te rends compte ? Mack n'aime pas le poisson.

Facile à comprendre. Il n'aime pas l'eau. Il n'aime pas le poisson. Sam soupira. Que pourrait-il dire à Mack au sujet de sa visite dans le grenier ? *Je sais que je ne fais pas partie de la famille. Je sais que je ne suis pas ton petit-fils.*

Et après ?

Ils prirent place sur des tabourets à la haute table installée au milieu de la cuisine, devant le plat de poisson, les pommes de terre bouillies encore fumantes et les tomates grillées saupoudrées de chapelure.

— Exceptionnel.

Un large sourire aux lèvres, Onji regardait les carottes, étalées en tranches épaisses.

— Un gamin capable de couper un morceau de bois parfaitement droit et qui ne s'en sort pas avec une carotte.

— Le couteau n'est pas bien aiguisé.

— S'il l'était davantage, tu te trancherais la main jusqu'au poignet.

Onji glissa une portion de truite sur l'assiette de Sam et prit le reste.

— C'est bon, pas vrai ? Il n'y a pas mieux. Quand on avait ton âge, Mack et moi, on restait dehors à pêcher même à la nuit tombée, pour essayer d'attraper un doré jaune, ou un maskinongé, un « musky » comme on dit. Mack me donnait toutes ses prises.

Il pointa sa fourchette vers Sam.

– C'est le meilleur ami que j'aie jamais eu. Qu'est-ce que je deviendrais sans lui?

Sam sentit son cœur se serrer. Néanmoins, il leva les yeux vers la pendule. Six autres minutes de passées.

– Ils faisaient jusqu'à deux mètres de long, ces sacrés muskys.

Onji s'appuya contre le dossier de son tabouret.

– Chaque été, ils organisent un concours et récompensent celui qui attrapera le plus gros. Tu étais trop jeune pour t'en souvenir. Une fois, sur son bateau, Mack a été à deux doigts d'en prendre un. Il était déjà marié. Le poisson lui a tout arraché, ligne, moulinet, canne.

Onji s'interrompit pour piquer une pomme de terre avec sa fourchette.

– Mack était furieux. Il sautait partout. Il s'est mis dans une de ces colères!

Sam leva les yeux, soudain très attentif.

– D'autres étés, poursuivit Onji tout en mâchant sa nourriture, Mack se levait avant qu'il fasse jour et venait jeter des cailloux contre ma fenêtre. «Pars devant, je te rejoins!», je lui disais. Le temps que je m'habille, il était déjà sur son bateau au beau milieu de la rivière. Je voyais juste les voiles blanches disparaître sous le pont...

Mack avait un voilier? Il allait sur l'eau?

– Ici ? C'était ici ?

Onji dessina une grande courbe des deux mains.

– Non, sous un vrai pont, énorme, pas comme le nôtre là derrière.

Sam prit un peu de tomate.

– Je croyais que Mack avait horreur de l'eau.

– Mack ? Il adorait l'eau. Il adorait nager, faire du voilier...

Onji s'interrompit et baissa la tête vers son assiette.

Sam continua de manger ; il se força à finir la toute dernière bouchée de son poisson avant de demander :

– Où est-ce que vous pêchiez, Mack et toi ?

Dans cet endroit dont je ne peux pas me souvenir parce que j'étais trop jeune.

Sam avait posé sa question d'un air détaché, comme s'il suivait simplement le cours de la conversation, comme si sa question n'avait pas d'importance. Il repoussa son assiette.

Toutefois, Onji en avait dit plus qu'il ne le voulait.

Il se leva, s'étira, alla jusqu'au réfrigérateur et en revint avec une boîte de glace.

– J'adore ce mélange : des marshmallows avec des noix et du chocolat.

Sans regarder Onji, les yeux rivés sur son assiette, Sam reprit :

– Où est-ce que...

– Essaie-moi ça.

Onji lui servit une énorme boule de glace dans un bol.

– Je crois que ça va bien se vendre cet été et que je vais devenir riche.

Il continua de parler, sans donner à Sam une seule occasion de reposer sa question. Au bout d'un moment, ils entendirent un bruit de pétarade. Le pick-up de Mack.

– Je dois y aller ! lança Sam.

Il se laissa glisser de son tabouret, indifférent désormais à ce qu'Onji pourrait penser. Il se faufila par la porte de derrière, se hâta le long du chemin boueux.

Une fois dans l'atelier, il retira ses baskets à toute vitesse, grimpa les marches quatre à quatre, claqua la trappe au-dessus du lit, essuya frénétiquement les marques de boue sur la courtepointe, et se précipita dans sa chambre.

La porte s'ouvrit en bas et Mack appela :

– Sam, tu es en haut ?

– Je descends !

Sam sortit la coupure de journal de sa poche, mais il n'y était mentionné aucune date ni aucun nom de lieu qu'il puisse voir.

– Tu es prêt à aller chez Anima ? lui demanda Mack.

– Oui, presque. Tu as trouvé des meubles ?

Sam replia l'article avec soin et le remit dans sa poche.

– Rien de bien, ça ne valait pas le déplacement.

– Désolé, répondit Sam en essayant de reprendre son souffle. Tu sais quoi, je te rejoindrai chez Anima, ajouta-t-il. Dans quelques minutes. C'est mes devoirs... expliqua-t-il vaguement.

Un autre mensonge.

Il attendit que la porte se ferme. Il prit une feuille de papier, un crayon gros et court, et écrivit : *M. COLAIR. GRO POASSON M.* Il griffonna rapidement la forme d'un bateau, d'un nageur, Mack. Qu'avait dit Onji aussi ? *PONT.* Au bas de la page, il ajouta : *J'Y ÉTÉ. TRO JEUNE.*

Il regarda la feuille. Personne d'autre ne parviendrait à le déchiffrer, mais lui se comprenait.

Il se rendit chez Anima, pour y écouter une autre légende iroquoise.

– Les masques, commença-t-elle à lire. Les Iroquois sont célèbres pour leurs masques qui étaient tous dotés de nez crochus. Ils les portaient en l'honneur d'un géant au nez énorme qui avait effrayé l'Esprit de la maladie, venu s'attaquer aux habitants de la maison-longue [1].

---

1. « Maison-longue », dénommée parfois en français par le terme anglais *longhouse*, caractéristique des habitations construites par les Iroquois. Ces maisons, de vingt à trente mètres de longueur, abritaient de six à huit familles. (N.d.T.)

Assis à l'autre bout de la pièce, Mack l'observait, un vague sourire aux lèvres.

Plus tard ce soir-là, Sam s'endormit, heureux de ne pas avoir ouvert l'armoire. Il n'aurait plus jamais été capable de regarder Mack en face. Le lendemain matin, il s'éveilla tôt, vers cinq heures. Chat de Nuit ne bougea même pas lorsqu'il s'habilla et descendit à l'atelier.

Il coupa un morceau de bois qui servirait de socle à son château, puis il se mit au travail sur les tours. Au bout d'un moment, il sentit une odeur de bacon en provenance de chez Onji. Chat de Nuit entra dans la pièce de son pas silencieux et, à l'étage, Mack bougea. C'était l'heure du petit déjeuner.

Le rêve de Sam.

Un homme avec une écharpe le porte sur son épaule.
Sam regarde la maison derrière lui.
Son ancienne maison. Partie, la maison.
« Ne laisse pas le chat », murmure-t-il.
« Non », répond l'homme.
Sam frissonne.
« Ce n'est pas loin. » L'homme entoure Sam de son écharpe.
Noire, tachetée de rouge.
Au revoir, ancienne maison.
Au revoir, rivière. Au revoir, gros poissons.
Devant, une autre maison, affreuse.
Onze.

13. LES CHEVALIERS

– Il faut que je te raconte... commença Sam, alors que la classe se rendait en rang sinueux dans la salle de musique.

– Non, il faut que moi, je te raconte, lui chuchota Caroline en guise de réponse, les bagues sur ses dents barbouillées de rouge à lèvres. Appelle ton grand-père et dis-lui que tu viens chez moi après l'école aujourd'hui.

Avant qu'il ne puisse parler, elle leva la main :

– Ne pose pas de question. Tu verras.

– D'accord.

Il n'avait pas le temps d'en dire plus de toute façon. Ils entraient en classe.

Lorsque la sonnerie de fin de cours retentit, Sam se hâta dans le couloir. Il espérait que Caroline ne se rendrait pas compte qu'il était gêné d'aller chez elle. « On traîne avec les filles ? » se moquerait Eric.

Mais Caroline s'en doutait, et elle se fit discrète tant qu'ils n'eurent pas tourné le coin de la rue.

— Cet Eric alors ! lança-t-elle en donnant un coup de coude à Sam. Bon, à toi de parler.

Il lui tendit la coupure de journal.

Elle s'adossa à un arbre et l'étudia scrupuleusement :

— Pas de date, pas de nom. Dommage.

Il reprit la coupure. Tout aurait été si simple, trop simple.

— J'ai les autres documents aussi, dit-il en tapotant sa poche. On les regardera tout à l'heure.

En revanche, il donna à Caroline ce qu'il avait lui-même écrit.

— J'ai pris des notes.

— Oh... mais qui va pouvoir lire...

— Moi.

— Dans ce cas, je collerai la feuille dans le carnet. Par contre, ce serait bien que tu traduises, ajouta-t-elle, les sourcils levés derrière ses lunettes.

Ils reprirent leur marche. Sam commença par Onji, qui lui avait raconté les accès de colère de Mack, alors que Sam ne l'avait jamais vu dans cet état. Il lui mentionna le bateau, le fait que Mack nageait, alors que Sam l'avait toujours connu effrayé par l'eau. Il lui parla des énormes poissons, qu'il avait vus, mais trop jeune pour s'en souvenir.

– J'y étais, Caroline, là où ils ont grandi.

Et puis aussi :

– J'ai rêvé...

Il s'interrompit.

– Je crois que tout s'est passé au même endroit, que tout était lié : une rivière, la maison où j'avais vécu avec ma mère, cette autre maison...

L'ensemble restait vague dans son esprit.

– Et que tout se trouve près de là où Mack et Onji ont grandi.

Le temps qu'il termine, ils s'engageaient dans l'allée qui menait jusqu'à la maison bleue en forme de boîte dans laquelle Caroline et sa famille vivaient. Sam jeta un coup d'œil vers les fenêtres : il n'y avait pas de rideau, et la mère de Caroline se tenait devant l'une d'elles, sa cadette à ses côtés, toutes deux en train de leur faire des signes de la main.

– Mon père est parti peindre quelque part sur la rivière, expliqua Caroline.

Sa mère ouvrit la porte. Les lacets de ses baskets n'étaient pas noués, ses cheveux lui descendaient presque jusqu'à la taille. Ils étaient sensiblement de la même couleur que ceux de Caroline, mais on aurait dit qu'elle ne les avait pas brossés depuis une semaine au moins.

Cette impression avait une explication simple. Elle retenait ses cheveux avec un crayon, et passait son temps à enrouler autour de lui toutes les mèches déjà emmêlées qui la gênaient, ce qui ne faisait qu'aggraver la situation. Et qu'avait-elle sous les ongles ? Caroline ne lui avait-elle pas parlé d'argile ?

Sa mère les précéda dans une minuscule cuisine, se pencha pour ouvrir des placards, puis le réfrigérateur.

– Je voulais vous donner quelque chose à manger...

– Ce n'est pas grave, maman.

– Non, non, j'ai acheté quelque chose. Le problème, c'est que je ne sais plus où je l'ai mis.

Elle sourit à Sam par-dessus son épaule.

– Ha, voilà ! Des fraises.

Elle prit un air embarrassé.

– Tu les aimes, j'espère ?

– Oui, bien sûr.

Elle attrapa une casserole dans le placard situé sous le plan de travail et une plaque de chocolat dans un tiroir.

– On va le faire fondre et tremper...

Elle était comme Caroline, exactement comme Caroline.

– Des fraises enrobées au chocolat, dit-il. J'adore.

– J'ai des petits gâteaux aussi ; on pourrait les manger de la même façon.

Elle fit glisser une pile de livres et de papiers de la table sur une chaise et apporta la casserole.

Ils prirent place, tandis que le chocolat gouttait sur la surface blanche. La petite Denise nettoya les taches avec le doigt.

Caroline avait l'air ravie.

– Tu n'as pas encore tout vu, Sam, lui dit-elle.

Sa mère, elle, ne quittait pas Sam des yeux.

– Tu as raison, déclara-t-elle à l'intention de Caroline. Je peux y arriver. Il a un visage simple.

Elle se tourna vers Sam.

– Mange vite, nous avons des choses à faire.

Elle les emmena dans une pièce probablement destinée à être une chambre, mais qui lui servait d'atelier. Le désordre y était monumental.

Sam tomba sous le charme.

– Je n'ai pas eu le temps d'installer mon four, annonça la mère de Caroline. Je suppose que ma fille t'a expliqué que nous partions bientôt.

Il ne voulait pas y penser. Sans répondre, il tourna son regard vers les objets collés aux murs, échantillons de peinture, trèfle, vieil éventail, puis vers une table, couverte de pots remplis de pinceaux et de petits couteaux tranchants. Au centre se dressait un monticule d'argile.

– Assieds-toi là, lui ordonna la mère de Caroline.

Elle approcha une chaise pour elle-même et ferma les yeux.

– Excuse-moi.

Du bout de ses doigts, qui étaient un peu collants, elle suivit les lignes de son visage, de son nez, de son menton.

Sam ne fit pas un mouvement, mais il savait qu'il était tout rouge.

La mère de Caroline rouvrit les yeux et se redressa.

– Un vrai jeu d'enfant.

Elle se tourna pour prendre un peu d'argile, puis commença à façonner une silhouette.

– Elle va nous faire des chevaliers pour le château, expliqua Caroline, à partir de ton visage. Elle en fera un ou deux qui auront ces casques qu'ils mettaient sur la tête...

– Des heaumes ?

– Oui. Sur ceux-là, on ne verra pas que c'est toi, mais sur les autres...

La mère de Caroline leva la figurine devant ses yeux.

– Presque.

Elle en lissa la tête et les épaules.

– Est-ce que cela ferait ridicule d'ajouter une dame ? leur demanda-t-elle alors. Et de jeunes chevaliers ?

– Des écuyers, rectifia Sam. Pourquoi pas ?

Quelques instants plus tard, elle posa la figurine finie sur la table.

– Un beau chevalier, lança-t-elle.

Caroline regarda par-dessus l'épaule de Sam.

– Il faut regarder de près pour voir que c'est toi, mais c'est bien toi, tu ne trouves pas ? Jusqu'à la petite cicatrice au-dessus du sourcil.

Comme la mère de Caroline l'avait fait, il suivit du bout des doigts la ligne de son front, de son nez. Elle avait reproduit ses traits à la perfection.

– Comment avez-vous fait ?

Il s'arrêta. Il venait de penser à autre chose.

– Qu'avez-vous dit ?

– Un beau chevalier, répéta la mère de Caroline.

L'avait-il rêvé ? Un beau chevalier ? Un beau château ?

Il n'eut pas le temps d'y réfléchir. Caroline l'entraîna dans le salon familial. Il y avait à un bout une télévision, et à l'autre, un canapé, une table basse et quelques chaises. Des cartons étaient empilés contre le mur.

– On ne les a jamais ouverts, annonça Caroline en les montrant d'un geste de la main. On n'a pris que le strict nécessaire.

Ils s'assirent sur le canapé.

– On regarde ce que tu as apporté ? reprit Caroline.

Sam sortit les documents de sa poche. Ils étaient tout froissés. Ils étudièrent à nouveau le permis de conduire, les horaires des ferries, le bout de papier qui disait *Foyer pour enfants, 11e Rue.*

Vint ensuite une photographie de Mack. Il se tenait, raide, à côté d'une femme, Lydia probablement. Ils étaient appuyés contre la porte vitrée d'une quincaillerie, *Clayton's.* Il y avait une deuxième photo, celle d'une jeune fille, assise adossée à un arbre, avec de l'eau en arrière-plan. Il l'avait déjà vue. « Julia, ta mère », lui avait dit Mack.

Sam se demanda qui elle était vraiment.

C'étaient les seuls documents.

14. LE RESTAURANT D'ANIMA

Le mardi matin, Sam se réveilla de bonne heure encore une fois. Dans l'atelier, il découpa des petits bouts de verre et entreprit de les insérer dans les vides qu'il avait pratiqués à certains endroits du château. Il se dépêcha, il avait hâte d'assembler les murs maintenant.

Les minuscules fenêtres étaient plus longues que larges, presque comme des meurtrières. Il déposa un fil de colle sur leur pourtour, les doigts collants de produit, les rectangles si petits que chaque ouverture lui prit une éternité. Il finit juste à temps pour se préparer à partir à l'école.

Durant l'après-midi, Mack vernit le buffet qu'il avait fabriqué pour Anima ; le soir, tous quatre l'admirèrent, debout dans le restaurant vide.

– Tu n'as jamais fait mieux, déclara Anima.

De la main, Mack sonda la surface du bois pour vérifier qu'il était parfaitement poli. Un geste systématique, que Sam et lui effectuaient pour le cas où ils auraient oublié des rugosités. Mack regarda Sam, et ses yeux se plissèrent de joie. Sam lui sourit. Ils pensaient à la même chose. Le bois était aussi lisse que du verre, il n'aurait pu en être autrement.

Onji donna à Mack une tape amicale sur l'épaule.

– Parfait, comme toujours, comme tout ce que tu fais.

Mack répondit au compliment par un mouvement de tête imperceptible, qui aurait échappé à Sam d'ordinaire. Si seulement il avait su ce que ce mouvement signifiait.

C'est alors qu'Anima proposa :

– On va fêter ça, tous ensemble. Ton amie Caroline ne doit-elle pas venir demain ? Invite-la à dîner.

Anima riait.

– Elle n'aura rien vu tant qu'elle n'aura pas goûté mon curry de poulet.

– Et surtout tant qu'elle ne connaîtra pas les ingrédients.

Anima prit un air innocent.

– Tout le monde aime le poulet, dit-elle en ajoutant, ses mains délicates ouvertes en signe d'étonnement : Ainsi que les oignons, les citrons...

– Tu oublies la coriandre et le cumin.

– Bien ! Un jour, je ferai de toi un chef cuisinier indien.

Le lendemain après-midi, dès que Caroline fut arrivée, ils se rendirent dans l'atelier. Elle avait apporté une boîte de figurines enveloppées avec soin. Elle déballa celle qui se trouvait sur le dessus.

– La dame du Moyen Âge.

Sam souleva la figurine.

– Qu'est-ce qu'elle te ressemble !

Ils s'installèrent sur des chaises devant l'établi et Caroline maintint en place les pièces qui constituaient les murs du château pendant que Sam les collait et les fixait sur le socle.

Ils reculèrent un peu pour mieux voir le résultat.

– C'est un château, murmura Caroline. Un vrai château. On devrait lui choisir un nom.

Sam fut surpris ; il pensait que c'était chose entendue.

– Beau, dit-il. Le Beau Château.

– Parfait, approuva-t-elle.

– Ça lui va bien, n'est-ce pas ?

Il se pencha pour lui expliquer où il placerait le mur d'enceinte, et elle sortit un miroir de son sac.

– Je crois que je peux m'en passer. Tu pourrais l'utiliser pour les douves.

Pourquoi pas ?

– Bonne idée.

Caroline consigna dans le journal ce qu'ils avaient réalisé ce jour-là, puis soudain, elle leva les yeux et, tout en faisant tourner ses bracelets avec fébrilité, elle ajouta :

– Il faut qu'on se dépêche.

– On a le temps. Anima a dit six heures. Onji va fermer tôt...

– Je ne parle pas du repas. Mon père a un rendez-vous ce soir. On lui propose d'enseigner l'art dans une faculté. Tu te rends compte ? Il dit qu'il veut se poser. Ma mère nous a annoncé que ce serait un emploi à durée indéterminée ; elle dansait dans la cuisine.

Elle leva la main.

– Pas ici. Ce ne sera pas ici.

Elle se tut un instant, puis reprit d'une voix si basse qu'il eut du mal à la comprendre :

– Encore une autre école. Je vais encore devoir ouvrir la porte, devant toute une classe de visages inconnus, où tout le monde me dévisagera...

Elle passa la main sur le mur du château.

– Par contre, lui, il va être parfait, Sam. Si seulement je pouvais y vivre, cachée, avec ma famille, à jamais.

– Je vais y construire une pièce pour toi, et je mettrai la dame du Moyen Âge dedans. Personne ne verra que tu t'y trouves, mais tu y seras pour toujours.

Il entrevit le reflet de larmes dans ses yeux.

– Et quand tu partiras, tu pourras emporter le souvenir avec toi.

Il s'efforça de trouver autre chose à dire, un sujet facile, qui les distrairait.

– Regarde, il reste quelques endroits rugueux.

Il prit un morceau de papier de verre et le lui tendit.

– Si tu frottes doucement...

Elle se mit au travail, la tête penchée, ses cheveux dissimulant son profil. Soudain, d'un geste impatient, elle les repoussa et tourna son regard vers la fenêtre.

– Le sol du parking est en gravier, non ? Et si on en utilisait pour faire un chemin autour du château ?

Il acquiesça d'un signe de tête. Le gravier existait-il au Moyen Âge ? Ce devait être de la pierre concassée. Mais peu importait, c'était leur château après tout.

Le moment arriva de passer chez Anima. Ils sortirent avec Mack par la porte de devant, après avoir contourné Chat de Nuit, qui se léchait une patte dans l'entrée.

Un panneau sur la porte du restaurant d'Anima annonçait : *FERMÉ – SOIRÉE PRIVÉE.*

– C'est nous, dit Sam.

À l'intérieur, une seule table était dressée, au centre de la salle. Même Ellie était venue pour l'occasion.

Anima s'affairait, le visage cramoisi par la chaleur de ses fourneaux.

– J'adore le buffet que Mack m'a fabriqué, dit-elle à Caroline. Un jour, Sam sera capable d'en faire autant.

Sam regarda le meuble le long du mur. Mack avait utilisé du pin ; il y avait sculpté des silhouettes d'oiseaux, ceux qu'ils voyaient derrière chez eux. Quant aux poignées et aux charnières, elles étaient en cuivre ancien.

Sam considéra la remarque d'Anima. Il ne savait pas encore fabriquer de buffet, mais un jour, il y parviendrait. Mack lui avait assuré qu'il avait un don.

N'avait-on droit qu'à un seul don ? Il en voulait davantage. Pour faire en sorte que Caroline reste ; pour apprendre à mieux se connaître, lui, Sam Bell. Et pour apprendre à lire. Toutes ces perspectives lui donnèrent l'impression d'avoir inventé un conte de fées, comme ceux qu'Anima lui lisait, abondants en génies et en marraines qui exauçaient les vœux.

Onji ouvrit grand les bras.

– Quelle tristesse ! Quand je pense que ma plus grande création est un sandwich chaud au pastrami.

Sam tourna son regard vers Caroline, qui était assise en face de lui. Elle l'observait, un large sourire aux lèvres. Elle repensait à leur premier jour, à la cantine, et aux nounours en gélatine qu'Onji avait cachés dans le repas de Sam.

– Vous faites les meilleurs sandwichs que je connaisse, dit-elle à Onji. Sam a beaucoup de chance.

Anima s'installa enfin, et le repas commença, par des légumes croquants enrobés dans une pâte épaisse et épicée.

Anima demanda à Caroline :

– Est-ce que tu peux rester ce soir pour la lecture ?

– Bien sûr, répondit Mack à sa place. Sam et moi la raccompagnerons en voiture.

– Bien, dit Anima en se levant pour aller chercher la suite des plats.

– Je reste aussi, lança Ellie. Un repas formidable, une lecture ensuite. Les histoires d'Anima...

Elle donna à Onji une tape sur l'épaule.

– Tu te souviens de la vieille légende iroquoise ? Celle des îles que le Créateur avait laissé tomber par milliers dans la rivière ? Est-ce qu'elle ne décrivait pas l'endroit où Mack et toi avez grandi, où nous sommes tous nés ?

– Je vais aider Anima, dit Mack.

– Moi aussi, décida soudain Ellie.

Lorsqu'ils revinrent, avec des ramequins décorés de fleurs et remplis de pudding aux amandes, plus personne ne reparla de la légende.

Mais elle obséda Sam toute la soirée.

... où nous sommes tous nés.

Il voulait savoir où c'était.

15. LA MÉDIATHÈQUE

Le lendemain matin, il pleuvait, le tonnerre roulait dans le ciel, et bien que Sam et Eric aient couru de la descente du car jusqu'au bâtiment de l'école, le temps qu'ils traversent la cour, ils arrivèrent trempés.

Sam entra dans la classe en pataugeant dans ses baskets. Caroline, debout, s'essorait les cheveux des deux mains, aspergeant de gouttes d'eau le bureau devant le sien.

Ils avaient une remplaçante ce jour-là. Caroline fit un signe à Sam et lui chuchota :

– Suis-moi, on va à la médiathèque.

Ils ressortirent de la classe sans se faire remarquer et s'éloignèrent dans le couloir.

– Une remplaçante, c'est parfait ! dit Sam. On ne lui manquera pas.

Il fit un bond pour essayer de toucher la lampe au plafond.

– Hier soir, Ellie a dit...

Il fit un nouveau bond et, cette fois, réussit.

– Oui !

Satisfait, il reprit :

– Elle a parlé d'îles, de milliers d'îles. Dix mille peut-être.

Ils poussèrent les portes de la médiathèque. Une classe de maternelle écoutait une histoire, et Mme Hurd, la bibliothécaire, leva vers eux des yeux distraits :

– Vous auriez pu vous sécher.

– Nous avons besoin de l'ordinateur, lui dit Caroline, mais nous ferons attention.

Ils s'assirent l'un à côté de l'autre, le carnet de Caroline placé entre eux.

– Est-ce que tu sais l'utiliser ? lui demanda-t-elle.

– Tout le monde sait appuyer sur un bouton.

Il lui sourit, mais il frissonnait. Peut-être parce que sa chemise était mouillée et qu'elle lui collait à la peau ; à moins que ce ne soit à cause de ce qu'il risquait de découvrir, là, sur l'écran.

Caroline lui tapota le bras.

– Tape « dix mille îles ».

10 000 ? Facile. Mais comment épelait-on « îles » ?

Caroline n'attendit pas ; elle se pencha et écrivit le mot elle-même. Instantanément, une page bleue apparut, sur laquelle ressortaient des nombres surlignés, qui réapparaissaient une multitude de fois.

– Floride, dit-elle.

Il répéta à voix basse, les yeux fermés. *Floride ?*

Le permis de conduire de Mack.

Caroline commença à lire :

– Everglades, le paradis des vacanciers, activités en bateau. Regarde, Sam, il y a des photos.

Elle cliqua sur ces dernières : des arbres vert mousse reflétés par l'eau d'un marécage, des bateaux de pêche sous des ciels bleus, des voiles à l'horizon.

Cela faisait-il partie de ses souvenirs ? Se revoyait-il là-bas, avec son petit bateau, le guidant avec la ficelle tandis qu'il dansait sur l'eau le long du bord ?

– De gros poissons, dit-il. Des poissons d'eau douce. Je crois que c'est leur nom. Est-ce que tu vois quelque chose...

Elle fit défiler la page, et cliqua de nouveau. Immédiatement s'afficha la photo d'un énorme poisson qui sautait hors de l'eau, couvert de reflets argentés, sa queue en forme d'éventail.

Un pêcheur, le dos arqué, à la poupe d'un voilier – qui avait même un double mât – tirait de
toutes ses forces pour le ramener.

La Floride.

La classe de maternelle sortit de la médiathèque et Mme Hurd s'approcha d'eux d'un pas
nonchalant.

– Sur quoi travaillez-vous ?

Le visage de Caroline s'empourpra :

– Nous avons des recherches à faire sur le
Moyen Âge pour le projet de Mme Stanek.
Nous devons fabriquer un château, façonner
des chevaliers...

Les doigts croisés pour convoquer la chance,
elle s'interrompit dans sa phrase.

Mme Hurd plissa les yeux en direction de
l'écran.

– Je doute que la Floride ait jamais eu quoi
que ce soit à voir avec le Moyen Âge. À mon
avis, les Européens n'avaient même pas atteint
les Everglades à cette époque-là.

– Nous voulions juste... tenta Sam.

– Je crois que vous feriez mieux de rejoindre
votre classe. Et de trouver des serviettes pour
vous sécher.

Ils sortirent de la médiathèque et s'arrêtèrent
à la fontaine d'eau.

– Trempés dedans et dehors, dit Caroline.

– Quelque chose me dérange, murmura
Sam.

– Quoi ? De sortir de la classe sans autorisation ? De mouiller le sol de la médiathèque ? D'être renvoyés par Mme Hurd ? Quoi, Je-Suis-Sam ?

Il se passa les mains sur les bras. Il avait toujours froid.

– Je ne crois pas que ce soit la Floride.

Elle prit une gorgée d'eau, s'essuya la bouche.

– Mais... et le permis de conduire de Mack ?

– Je rêve de froid. L'eau est grise, pas bleue ; elle est presque noire.

Elle hocha la tête d'un air hésitant. Lui haussa une épaule.

– Les rêves ne disent pas toujours la vérité, je suppose, mais quand même...

Elle soupira.

– Il n'y a peut-être pas de rapport avec la légende alors.

À cet instant, la porte de leur classe s'ouvrit et leurs camarades fusèrent hors de la salle, la remplaçante sur leurs talons.

– Le cours d'arts plastiques, dit Caroline. J'avais oublié.

– Est-ce que vous faites partie de cette classe, tous les deux ? leur demanda la remplaçante alors qu'ils se mettaient en rang avec les autres.

– Ils devaient être à la médiathèque, lança Marcy.

– Merci, Marcy, lui répondit la remplaçante.

– Oui, merci, répéta Sam dans sa barbe.

Ils entrèrent dans la salle d'arts plastiques. L'enseignante leur distribua du papier. Dessins libres.

Sam se mit à l'œuvre. Un voilier avec un double mât qui ressemblait à un onze. De l'eau, grise, le bateau presque renversé. Dessinait-il le voilier de la photo trouvée dans le grenier ? Était-ce la maquette ? À moins que ce ne soit le bateau qu'il aimerait construire un jour.

Lequel était-ce ?

Il n'en était pas sûr.

16. LE BUREAU D'ONJI

Dans l'atelier cet après-midi-là, Sam vida l'établi de tout ce qui l'embarrassait. Caroline y avait laissé son carnet. Il regarda la première page : *Le château, par Sam et Caroline.* Simple. Quelques autres mots n'étaient pas très compliqués non plus. Caroline les avait organisés en colonnes : *contreplaqué, facile à couper, grand, brume,* un autre, qui devait être *douves,* un autre encore, qui aurait pu signifier *gravier. Papier de verre.*

À la fin du carnet se trouvaient les notes concernant le grenier, et la page qu'il avait écrite. *GRO POASSON M.*

Sam reposa le carnet et ouvrit le livre d'Anima à la page d'un schéma. Il entreprit de couper les toits des tours en leur donnant la forme de pizzas, chaque cercle divisé en six parts. Leur centre serait le faîte, qui descendrait en s'évasant au-dessus des tours.

Sam se pencha vers le château sans toit. Il avait construit la pièce promise à Caroline ; une fois la toiture posée, personne ne pourrait voir à l'intérieur. La pièce serait à elle et à elle seule.

« Parfait », était-il sûr qu'elle dirait.

Il regarda par la fenêtre à demi ouverte à l'arrière de l'atelier. Les feuilles sur les arbres étaient encore pâles, naissantes, mais les pousses d'ail du Canada pointaient déjà ci et là, par touffes, au milieu des joncs. Le printemps était vraiment là.

Il repensa à ce que Caroline lui avait dit : « Il faut qu'on se dépêche. »

Assis sur le banc d'Anima, Mack, tête levée, prenait le soleil. Onji, debout dans l'eau, protégé par de vieilles jambières et une veste étanche, pêchait. Ellie devait s'occuper de la sandwicherie ce jour-là.

Mack et Onji riaient.

– Tes pieds sont tellement grands que tu remues la vase, plaisanta Mack. Le poisson va être obligé de mettre des lunettes pour voir tes appâts.

Quel était le nom de ce poisson dont Onji lui avait parlé ? « *M* ». Sam se mit à fredonner le son de cette lettre ; il eut le temps de polir la plupart des petites pièces qui constitueraient les toits avant que le nom lui revienne. *Musky.*

Sam recouvrit le château de sa pièce de tissu et sortit par-derrière. Il avait décidé d'aller chez Onji. Mack et ce dernier lui firent un signe de la main en le voyant passer.

– Attrape-nous un brocheton pour le dîner, Onji ! lança Sam.

– D'accord, je vais essayer.

Dans la cuisine, Ellie remuait une marmite de soupe à l'oignon sur l'énorme fourneau.

– Tu veux goûter ?

– Je vais attendre. Je voudrais juste utiliser l'ordinateur. Je peux ?

– Pourquoi pas, lui répondit Ellie. Papa l'avait bien dit. Le jour où Sam mettra la main dessus, on pourra dire au revoir à l'ordinateur !

– J'ai la main sûre.

Sam entra dans le bureau d'Onji. Il mit en marche le disque dur, se connecta à Internet. *Musky.*

Il prononça le mot, pour mieux en entendre les syllabes.

– Tu parles tout seul ? lui demanda Ellie depuis la cuisine.

– J'apprends à l'oreille, lui répondit Sam.

L'une des phrases préférées de Mme Stanek.

Tout en fouillant dans des tiroirs à grand bruit, Ellie entonna une chanson, sur des fourmis en train d'escalader une colline.

Sam essaya le mot avec un *z*, *muzky*; avec deux *s*, *mussky*; un *r*, *mursky*.

Finalement, il tapa *musky*. Le moteur de recherche réagit immédiatement. Une page occupa l'écran. Des petits caractères, ligne après ligne, forme après forme. Impossible à déchiffrer. La colère éclata dans sa poitrine. L'information était là, juste sous son nez, et il ne la comprenait pas. En dehors de quelques mots, comme *eau froide, poisson d'eau douce*; quant au reste...

Si seulement il savait lire.

Il avait dû parler à voix haute, ou produire un bruit ou un autre, car Ellie l'appela :

– Sam ?

Et aussitôt, Sam l'entendit contourner la table de la cuisine et s'approcher du bureau.

Le temps qu'il tende le bras pour appuyer sur *Échapper*, qu'il manque son but et qu'il enfonce une autre touche à la place, Ellie se penchait par-dessus son épaule :

– Ha, les Mille-Îles !

Sam resta figé.

Ellie pointa le doigt vers l'écran, vers la carte qui apparaissait dans le coin, à droite.

– C'est là que papa et maman ont grandi, et moi aussi. Là où vivaient les Iroquois. Le Saint-Laurent.

Sam avait la gorge trop sèche pour pouvoir parler.

– Tu te souviens de la légende des masques ?

– Tous différents, mais tous avec un nez crochu...

Il avala sa salive, s'éclaircit un peu la voix :

– ... pour honorer le géant qui avait fait fuir l'Esprit de la maladie.

– Et l'autre légende, tu t'en souviens ?

– Celle des mille îles.

– Ouais. C'est juste là, sur le Saint-Laurent.

Là, entre sa propre région, l'État de New York, et le Canada.

Cette fois, il appuya bien sur *Échapper*, et tout disparut.

– Tu veux un sandwich ? lui proposa Ellie. Un club, peut-être, ou alors du poulet parmesan ? De la soupe ?

– Non, rien, merci. Je dois repartir à la maison.

Il se tourna et la serra dans ses bras.

– En quel honneur ? lui demanda-t-elle avec un sourire.

– Comme ça.

Revenu dans l'atelier, il reprit le carnet vert de Caroline.

Il l'ouvrit à la dernière page, consulta la liste de mots qu'elle avait rédigée, ainsi que ceux qu'il avait lui-même écrits : *J'Y ÉTÉ.*

Ais. Pas *é.*

Oui, il y était. Il ajouta : *1 000 île...* Quelque chose n'allait pas, mais peu importait. Puis *St L.*

Il ferma les yeux. Il revit Mack, sur un voilier, sous un pont, dont il était sûr qu'il se trouvait là-bas ; les voiles blanches, le double mât. Il revit les énormes poissons, sous l'eau, telles des ombres grises : les muskys.

Non loin de là devait se trouver l'endroit où cette femme avait donné son bateau, cet endroit qui le terrifiait, le foyer pour enfants.

Le rêve de Sam.

Des gens crient. En colère. Hurlent.
La femme.
Un homme.
Des portes claquent.
Sa porte, aussi.

17. LE DÉPART

Il faisait si chaud que Mme Stanek leva les mains au ciel :

– Si nous restons ici, je vais fondre. Je vous offre une autre récréation !

Eric se précipita vers le placard où étaient rangés les ballons, tandis que le reste des élèves se mettait en rang en se bousculant.

C'était l'occasion que Sam attendait. Raconter à Caroline ce qu'il découvrait lui donnait presque autant de plaisir que de le savoir lui-même.

Il regarda le début d'un match de football, tandis que d'autres élèves choisissaient leur équipe pour une partie de baseball.

– MacKenzie, viens ! hurla Eric. On a besoin de toi en troisième base.

– Il fait trop chaud, lui répondit-il. Désolé.

Il partit à la recherche de Caroline.

Elle se tenait à l'écart, appuyée contre la clôture anticyclone. Elle avait refermé son livre en marquant sa page avec un doigt.

– Mille-Îles, dit-il. Pas dix mille. Elles sont sur le fleuve Saint-Laurent.

Les mots avaient déboulé de sa bouche comme s'il avait peur de ne pas avoir le temps de les dire.

– J'aurais dû m'en douter.

Elle avait le dos tourné, les yeux fixés sur la route.

– Je suis contente que tu aies au moins trouvé cette information.

Elle avait une voix étrange.

Il s'avança pour voir son visage. Elle ne pleurait pas, enfin, elle ne pleurait plus. Elle avait les yeux gonflés, les paupières rouges, et ses cils dorés, plus sombres qu'à l'accoutumée, formaient des paquets.

– Tu as laissé le carnet dans l'atelier, murmura-t-il en le lui tendant.

Elle le prit d'un air absent et le glissa dans sa poche.

– On va bientôt pouvoir poser les toits sur le château.

Il réfléchissait à peine à ce qu'il disait.

– Il ne me reste plus qu'à peindre ta pièce avant.

Il s'interrompit, puis reprit :

– Et si on en faisait une partie cet après-midi ?

Elle retira son doigt du livre ; il se ferma avec un petit claquement.

– Va-t'en, Je-Suis-Sam. S'il te plaît.

L'avait-il bien entendue ? Il s'appuya au grillage.

– Qu'y a-t-il ? Que se passe-t-il ?

Il posa la question, certain, néanmoins, de la réponse.

– Je t'avais dit que je n'avais pas de temps pour des amis.

Ses yeux s'emplirent de larmes, et elle se tourna vers la clôture de nouveau. Sa voix était sourde.

– Pourquoi m'as-tu demandé d'être ton amie ?

Il ne savait que répondre. Comment lui dire qu'il avait voulu qu'elle lui lise les documents dans la malle ? Comment lui dire que c'était le château ? Comment lui dire que c'était juste arrivé ? Et que, depuis, son amitié lui était devenue aussi importante que le reste ? Plus importante.

– Tu t'en vas, c'est ça ?

– Dimanche, dit-elle d'une voix haletante.

– Mais, demain, c'est samedi.

Il s'arrêta.

– On n'a pas fini le château.

– Et on ne sait pas tout sur toi. Écoute, ma mère a ressorti les valises hier soir. La plupart des cartons n'ont jamais été ouverts.

Les élèves criaient ; Mme Stanek, adossée au mur de brique de l'école, avait les yeux fermés. Sam voulait hurler pour que tout le monde se taise, hurler pour que quelqu'un fasse quelque chose.

Il continua de secouer la tête, incrédule, tandis que Caroline poursuivait :

– On n'a plus qu'à rouler nos draps et nos couvertures, et vider le contenu de l'armoire à pharmacie dans un sac plastique.

Ses bracelets cliquetèrent.

– On est habitués. Mais mon père a promis que ce serait la dernière fois. Au lieu de peindre les couchers de soleil lui-même, il va apprendre aux autres à le faire. Il l'a promis.

Elle sécha ses larmes d'un geste rapide de la main.

– Lundi, je serai dans une nouvelle école, la troisième cette année.

– Mais... le château...

S'ils l'avaient apporté à l'école. Si tous deux l'avaient posé sur la table au fond de la salle. Ce

*que Mme Stanek aurait dit ; ce que les élèves
auraient dit. La nouvelle et celui qui savait à
peine lire avaient réussi à construire un château.
Le meilleur projet de la classe, la première fois
pour lui.*

Un ballon arriva sur eux en bondissant ; il
l'attrapa et le lança.

– Viens avec moi cet après-midi. On va finir
le château. Tu l'emporteras avec toi.

Il se moquait de ce que la classe pensait.
Caroline pouvait avoir le château, le garder
dans sa chambre, en souvenir...

– Oh, Sam, je dois aider ma mère.

Elle s'éloigna, le dos droit, en longeant la clôture. Elle s'était remise à pleurer.

Il voulait la suivre, lui parler, mais il ne
savait pas quoi dire. Mack lui avait confié une
fois : « Onji trouve toujours les mots qu'il faut ;
personnellement, j'ai du mal. »

Mme Stanek donna un coup de sifflet ; c'était
l'heure de repartir en classe.

– Tu vas manquer la fête sur le Moyen Âge,
lança-t-il à Caroline, dans l'espoir de la faire
sourire.

– *Pois cassés chauds...* souffla-t-elle par-
dessus son épaule.

Marcy Albert le répétait vingt fois par jour.

Ils restèrent les derniers dans la cour.
M. Ramon les croisa et leur fit signe de se
presser.

Ils rattrapèrent leurs camarades dans l'escalier et les suivirent jusqu'à leur salle au premier étage.

– J'ai quelque chose pour toi, lui dit Caroline. Je l'ai fait moi-même. Ce n'est pas formidable, mais... tu verras bien quand tu rentreras chez toi.

La journée passa dans une sorte de brouillard. Ils déjeunèrent ensemble et, lorsque vint le moment où Sam devait rejoindre Mme Waring au centre de documentation, il murmura :

– Ne pars pas avant que je sois revenu.

Toutefois, le temps que Mme Waring le libère, Caroline avait disparu ; à l'exception du petit paquet sur son bureau, la salle était vide.

Il ne restait qu'un jour.

18. L'APPEL TÉLÉPHONIQUE

Sam ouvrit le petit paquet dans l'atelier. C'était un cheval, avec une patte un peu plus courte que les autres, une tête loufoque. Il le leva pour mieux le regarder ; on ne se serait pas attendu à moins de la part de Caroline. Sam tapota le dos d'argile de l'animal et le posa en appui contre son niveau pour qu'il ne tombe pas.

Il ôta le tissu qui protégeait le château. Il ne lui manquait plus que les toits sur les tours ; les galettes de bois qui les constitueraient étaient éparpillées sur l'établi juste à côté.

Sam regarda la pièce qu'il avait construite pour Caroline. Pourquoi la terminer désormais ? En même temps, comment ne pas le faire ?

Mack possédait des échantillons de peinture sur une étagère située sous la fenêtre près de la porte d'entrée. Certaines des boîtes étaient métallisées, or et argent, ou d'une couleur mandarine quasi identique à celle des cheveux de Caroline. Sam ouvrit l'une de ces dernières et, armé d'un petit pinceau, bien penché au-dessus du château, la tête inclinée pour voir jusque dans les coins, il entreprit de colorer la pièce. « Le pinceau est capital, lui disait toujours Mack. Sa taille, sa forme, la façon de l'utiliser... » Sam tenta donc de se concentrer. Tout pour ne pas penser au départ de Caroline.

La cloche tinta au-dessus de la porte derrière lui, et une femme entra, une petite table ovale dans les bras.

Sam aurait pu appeler Mack pour qu'il descende. Il était en haut dans la cuisine, en train de boire une tasse de thé. Il avait travaillé à l'atelier toute la journée. « Je n'en peux plus, avait-il lancé en grimpant l'escalier lorsque Sam était rentré de l'école. Je suis moulu. »

Sam prit la table des bras de la cliente. Elle lui montra l'entaille sur le plateau.

– Le chien a pourchassé le chat dans le salon, la lampe s'est renversée. J'étais furieuse...

– Du pin, dit Sam. Un bois tendre. Il marque facilement. Trop facilement.

– Mais bon, le chien est plus important que la table. Est-ce que vous pourrez la réparer ?

Sam passa le pouce sur l'entaille. Profonde. Il faudrait plusieurs couches de pâte à bois, donc plusieurs jours de ponçage, le vernis...

– Oui.

Le téléphone sonna.

– Une seconde, s'il vous plaît.

Il s'approcha de la console près de la fenêtre et décrocha.

– Ébénisterie Mack.

– Sam ?

C'était Caroline. Il se sentit sourire.

– Oui.

– Écoute.

La femme se racla la gorge.

– Il y a une chose qu'on doit faire demain.

– Je suis un peu pressée, lança la femme. Qui sait quelle autre idée ce chien risque d'avoir.

– Est-ce que tu peux patienter ? demanda Sam à Caroline. Juste un instant ?

Il posa le combiné et confia à la femme le bloc-notes de Mack.

– Votre nom et votre numéro de téléphone suffiront.

La femme repoussa le bloc-notes vers lui.

– Je n'ai pas mes lunettes.

Décidément, tout, toujours, lui rappelait son incapacité. Heureusement, Mack lui avait appris à demander aux clients d'épeler leur nom. Et si les questions posées s'avéraient trop spécifiques pour qu'il les comprenne vraiment, il lui avait conseillé de les mémoriser.

– Votre nom ?

Il s'efforça de dissimuler son impatience.

– Marie Judson, répondit la femme d'un air distrait tout en se dirigeant vers le château.

Elle tendit le bras. Sam ne voulait pas qu'elle le touche.

– La peinture est fraîche.

Il savait épeler *Judson*, il n'y avait que deux syllabes. Inutile de s'encombrer du prénom, mais dépêche-toi, se dit-il, Caroline attend.

– Cette maquette est magnifique, déclara la femme. J'ai visité un château exactement comme celui-ci.

Sam jeta un coup d'œil vers le téléphone derrière lui.

– Est-ce celui de Heart Island ?

– C'est juste... commença-t-il en haussant les épaules, les mains ouvertes. Nous vous appellerons dès que votre table sera prête.

Elle sourit.

– J'espère que vous n'avez pas de chien.

– Un chat, répondit-il en reprenant le téléphone.

– Ma mère m'a donné cette table il y a des années. Elle l'avait dans son salon.

Sam pointa le doigt vers le téléphone :

– Il faut que je réponde. Parfois, les gens n'attendent pas.

– Aucune patience ! lança-t-elle.

Et elle sortit.

Sam porta le combiné à son oreille.

– Caroline ?

– Demain, c'est samedi, et on peut passer toute la journée ensemble. Ma mère m'a assuré qu'elle n'avait pas besoin de moi et que je pouvais venir à l'atelier.

Sam regarda le château. Toute la journée.

– Mais on a autre chose à faire.

Elle chuchotait, la voix empressée.

Sam secoua la tête, il ne comprenait pas.

– Comment ça ?

– J'ai regardé les horaires des cars. Et j'ai assez d'argent. J'ai fait du baby-sitting.

– Incroyable !

– J'ai trouvé le foyer pour enfants, sur la 11e Rue. On se retrouve demain à l'arrêt du car au centre-ville. À neuf heures.

Il y eut un déclic. Elle avait raccroché. La bouche sèche, Sam laissa ses doigts courir sur la table que la cliente avait apportée.

Allait-il vraiment retourner dans cette maison le lendemain, retourner voir cette femme, et peut-être le garçon qui agitait les mains ?

Puis il eut une autre pensée. Que dirait-il à Mack ?

19. LE FOYER POUR ENFANTS

Sam resta éveillé la moitié de la nuit. Voulait-il vraiment se lancer dans une telle entreprise?

Le matin, il eut du mal à se lever et à s'habiller. Mack était déjà dans l'atelier. Sam respira profondément.

– Je vais voir Caroline. C'est son dernier jour ici.

Mack acquiesça d'un signe de tête.

– Bien. Vas-y. Il fait chaud, il fait beau. C'est une bonne idée.

« Si Mack savait, s'il savait la vérité », songea Sam. Il prit un petit-déjeuner rapide chez Onji, jus et muffins, et lui demanda de préparer un sandwich supplémentaire pour Caroline.

– C'est son dernier jour ici, répéta-t-il.

Onji leva les yeux, un pain rond à la main.

– Un pique-nique. C'est bien.

Cinq minutes plus tard, Sam courait le long de la route. Il arriva tout essoufflé à la hauteur des magasins aux abords de la ville. Caroline était juste devant lui, coiffée d'un chapeau violet, un collier en bois par-dessus son pull-over. Elle lui prit la main et s'élança à son tour.

– Nous sommes en retard, dit-elle.

Il n'avait jamais tenu la main d'une fille avant. Celle de Caroline était chaude, et un peu plus petite que la sienne. Il sourit, bien qu'il ne puisse s'imaginer comment cette journée se terminerait.

– Si ça se trouve, on l'a raté, reprit Caroline. Le suivant est dans une demi-heure.

Ils traversèrent la rue devant la banque et allèrent se poster à l'arrêt situé devant la caféteria le *Circle Diner*. Il n'y avait aucun car à l'horizon.

– Je vais demander à l'intérieur, annonça Sam à Caroline, qui s'était penchée pour refermer la bande adhésive de ses baskets.

Il passa la tête à la porte.

– Vous avez vu le car ?

Tom, au comptoir, le regarda à peine.

– Pour New York ou vers l'ouest ?

– Vers l'ouest, précisa Caroline.

– Vous l'avez raté.

Caroline roula les yeux.

– Allons nous asseoir. J'ai assez d'argent.

Sam en avait aussi, mais il n'était pas sûr de pouvoir avaler quoi que ce soit. Il la suivit néanmoins jusqu'au fond du restaurant vide et se glissa en face d'elle sur la banquette du dernier box.

Ils restèrent assis là, sans parler, en attendant que Tom leur apporte les chocolats chauds que Caroline avait commandés en entrant.

Sam ne prêta même pas attention aux petits marshmallows qui flottaient dans sa tasse.

– Dis-moi ce qui se passe.

Il se pencha au-dessus de la table, tandis qu'elle sortait le carnet vert de sa poche.

– Pendant que tu ne faisais rien...

Il sourit.

– ... j'ai regardé la carte. J'ai recherché sur Internet le nom de chaque ville qui borde le Saint-Laurent pour voir si je trouvais un lien entre les numéros de téléphone et les deux pistes que nous avons : le foyer et *Clayton's*, tu sais, la photo...

– De Mack et de Lydia devant la quincaillerie, oui.

– Il existe une ville du nom de Clayton.

Il retint son souffle.

– Mais qui n'a aucun rapport avec ce qu'on cherche. Par contre, j'en ai trouvé une autre, qui s'appelle Waterway.

Elle fronça les sourcils.

– Waterway ? Est-ce que cela te dit quelque chose ? Dans cette ville, il y a une quincaillerie *Clayton's* et...

– Un foyer pour enfants.

– Enfin, presque. Il y a une 11e Rue.

Sam s'appuya contre le dossier de la banquette. Ils ne découvriraient rien. Il avait envie de rire, que ce soit dû à la surprise ou à un sentiment qui s'apparentait à du soulagement. Peut-être n'avait-il pas besoin de se connaître. Peut-être pouvait-il rester simplement avec Mack, et Anima, et Onji, pour toujours.

Onji aimait à parler de poursuites vaines. C'en serait une, sans aucun doute. Ils prendraient le car, mangeraient ce qu'Onji leur avait préparé. Après tout, c'était une belle journée ; le soleil brillait. Ils passeraient ensemble un dernier moment dont ils se souviendraient à jamais. Il attrapa sa tasse de chocolat et la vida d'un trait.

Caroline devait penser la même chose. Elle s'étira.

– Tu te rends compte, on a jusqu'à ce soir.

Elle hésita.

– Une chose.

Elle se pencha vers lui, ses yeux si grands, ses taches de rousseur telles des constellations.

Une chose. Son expression favorite.

– Je me trompe peut-être. Pour le cas où, mettons tout par écrit avant que je parte.

Elle ouvrit le carnet.

– Commence par le commencement.

Soudain, le chocolat lui pesa sur l'estomac, les marshmallows lui firent l'impression d'une masse gluante dont il avait encore le goût sur la langue.

Caroline avait pris un stylo.

– Vas-y, je t'écoute.

Le commencement.

– Mes parents sont morts.

Le carnet était posé entre eux, en biais. *Parents.* Le mot était facile à déchiffrer.

– Je me suis retrouvé au foyer pour enfants.

– Dans la même ville ?

Dans la ville de Mack, dans celle d'Onji.

– Oui, je crois.

Elle avait la tête penchée, et il cessa de faire l'effort de lire ce qu'elle écrivait.

– Une femme atroce, un garçon qui m'a pris mon bateau. Elle tapait... Elle était méchante, avec nous tous, je pense. Avec le chat. J'avais tellement peur pour le chat.

Dans un coin de son cerveau, une pensée l'interpella. Mack avait fabriqué ce petit bateau pour lui, il en était certain. Autrement dit, il connaissait Mack avant d'aller au foyer. Comment tous ces éléments s'imbriquaient-ils ? Il repensa aux bruits de pas dans un château. Au bruit d'un marteau. De portes qui claquaient.

Le temps manqua pour en dire plus à Caroline. Le car s'arrêta devant la cafétéria. Sam déposa quelques pièces sur la table et ils s'empressèrent de sortir. Ils montèrent derrière un vieux monsieur muni d'une canne à pêche et furent obligés d'attendre pour payer.

Une fois qu'ils furent installés, au fond du car, Caroline ouvrit le papier contenant son déjeuner, un sandwich tout écrasé, deux tranches de fromage entourées de pain.

– Quelle horreur ! dit Sam. Et comment peux-tu encore avoir faim ?

– J'ai toujours faim.

– D'accord. Heureusement que je t'ai apporté un vrai repas.

Durant le trajet, ils cessèrent de parler. Sam regarda le paysage vallonné s'aplanir peu à peu. Le car suivait un ruisseau impétueux ; tout du long, debout sur des rochers, des gens pêchaient.

Au bout d'un moment, Sam eut faim aussi, mais pas assez pour le sandwich club aux boulettes de viande d'Onji. Il fouilla dans son sac et y trouva deux paquets de petits biscuits salés. Il en offrit un à Caroline puis, appuyé contre la fenêtre, il resta là à mastiquer d'un air absent.

De temps à autre, le car s'arrêtait pour prendre des passagers ou en déposer. L'homme à la canne à pêche les salua d'un signe de tête avant de descendre par la porte de derrière.

Enfin, le conducteur lança : « Waterway, New York ! » Ils étaient arrivés. Sam ne reconnut rien : ni les magasins de la rue principale, ni le parc avec ses bancs d'un côté, ni l'église en bois avec son clocher carré de l'autre.

Caroline lui jeta un coup d'œil.

– Je vais à la boulangerie. Je vais demander.

– Non. Et si...

Étaient-ils au bon endroit ? Et si oui, les propriétaires des magasins ne le reconnaîtraient-ils pas ? « C'est le gamin du foyer, celui qui a eu l'accident de bateau. »

– Sam, c'est arrivé il y a des années. Crois-tu que tu ressembles encore au garçon sur la photo ? Crois-tu vraiment que qui que ce soit ferait la relation ?

Avant qu'il puisse répondre, elle disparut dans le magasin. Il s'adossa au mur de brique tiédi par le soleil bien qu'il soit encore tôt.

Elle revint.

– Il y a bien un foyer pour enfants, enfin, il y en avait un. Le boulanger m'a expliqué comment y aller. C'est incroyable, non ?

Sam sentit une bouffée de chaleur lui monter au visage. Il avala sa salive pour tâcher de refouler la boule qui lui serrait la gorge.

Caroline lui prit la main et l'entraîna vers l'église, qu'ils dépassèrent avant d'emprunter une étroite route sinueuse qui suivait le centre de la petite ville par l'extérieur.

Sam ralentit le pas au fur et à mesure et, au deuxième tournant, là où les arbres commençaient à former une voûte au-dessus d'eux, il s'arrêta :

— Attends une minute, dit-il. Attends...

— Il est là sans y être. Il a fermé il y a des années.

Caroline lui tira la main.

— Plus personne n'y habite, Sam.

Il la suivit le long d'une allée couverte de pissenlits arborant fièrement leurs fleurs jaunes. Du gravier gris épars crissait sous leurs pieds. Le bruit lui rappela quelque chose.

— Quelqu'un m'a amené ici, en me portant sur son épaule. Je pleurais, j'avais froid, et il m'a enveloppé dans son écharpe.

— Je suis désolée, Sam, dit Caroline dans un souffle. Je suis vraiment désolée pour ce petit garçon.

Il voyait l'écharpe avec clarté, noire tachetée de rouge, il en sentait la chaleur sur sa joue, mais le visage de l'homme lui resta invisible.

– C'était Mack ? lui demanda Caroline.

– Non, pas Mack. Je crois que c'était quelqu'un que je ne connaissais pas.

Intérieurement, il reconstitua la scène. *Des pas.* Personne pour le prendre, probablement sans famille, et quelqu'un, un voisin peut-être, l'avait amené ici. Il se revit avec le petit voilier à la main.

Sam avança, tourna. Et soudain, le bâtiment lui apparut. Comme s'il avait reçu un coup, il recula. Il était vraiment là, ce terrible endroit, bien plus grand qu'une maison, avec ses doubles portes massives au centre, le nombre *onze* affiché juste au-dessus, et ses portes plus petites à chaque extrémité. Onze, bien sûr.

Il prit appui contre un arbre, oubliant presque que Caroline l'observait. Il entendait le bruit de portes qui claquaient, des cris.

Les yeux rivés sur la bâtisse, il attendit d'avoir retrouvé ses esprits. L'ensemble avait besoin d'être repeint ; des planches manquaient sous la galerie en bois.

Son regard alors se dirigea vers le toit : des plaques d'ardoise fissurées, mais les deux cheminées...

– Je crois que ma mère m'apprenait les chiffres, dit-il, le visage brouillé de cette dernière lui apparaissant soudain. Le jour où l'homme m'a amené ici sur son épaule, j'ai vu le *onze* sur le mur, puis les deux cheminées, immenses tout là-haut dans le ciel. Elles ressemblaient à un *onze* aussi.

C'était donc cela. Des cheminées. Le numéro de la maison, le numéro de la rue. D'un endroit affreux qui n'existait plus. Et la femme qui l'avait dirigé n'était plus là.

Les portes étaient bloquées par des planches clouées. Ils contournèrent le bâtiment et s'arrêtèrent, derrière, pour regarder par les fenêtres ; les pièces étaient remplies de vieux meubles disloqués, des pièces poussiéreuses, insaisissables. La cuisine était plus petite que dans son souvenir, le réfrigérateur avait disparu, aucun garçon n'agitait les mains. Il était peut-être parti loin ; il avait peut-être onze ans, lui aussi, maintenant. Le pauvre petit garçon qui n'avait pas de jouet à lui.

— Je n'ai pas de place ici. Je crois que je n'en ai jamais eu, dit-il. Ce n'est pas chez moi.

Désormais, il savait d'où il était venu, mais il lui manquait encore un maillon, le plus important. Mack.

20. ANIMA

– Prends le carnet, Sam, dit Caroline.

Ils étaient au coin de sa rue. Elle avait les larmes aux yeux.

– Apprends à lire, Sam. Puis écris-moi.

Il sentit la colère monter en lui. «Crois-tu vraiment que je le fais exprès?» Mais c'était Caroline; en outre, elle avait rougi.

– Je suis désolé, lui répondit-il, vraiment désolé. Mais j'ai renoncé.

– Fais-moi des dessins, trace des lettres, peu importe dans quel ordre. Ne t'inquiète pas de l'orthographe. Je comprendrai.

Elle laissa ses larmes rouler le long de ses joues.

– Peut-être. J'essaierai.

Il savait qu'il ne le ferait pas.

La reverrait-il jamais ?

– Une chose, dit-il, et elle sourit tout en séchant ses larmes d'un geste de la main. Je n'en saurais pas autant sans toi.

Il s'en alla, et elle lança :

– Une chose ! Tu seras toujours mon meilleur ami.

Il leva une main. À travers ses propres larmes, la silhouette de Caroline se brouilla. Il tourna le coin de la rue, puis il courut.

Il ne s'arrêta qu'à la porte de l'atelier pour dire bonjour à Mack.

Celui-ci leva les yeux et lui dit :

– Désolé qu'elle s'en aille. Elle était gentille. Anima a quelque chose pour toi, des crêpes, je crois.

Sam hocha la tête, s'obligea à sourire. Il poursuivit son chemin, fit un signe à Onji en passant et entra par la cuisine dans la Maison du Kerala.

Anima leva les yeux de son évier.

– Bonjour, mon grand. Je viens juste de te faire des crêpes à la banane, et je nous ai préparé du thé.

Elle lui indiqua de s'asseoir et vint placer une assiette devant lui.

Comment allait-il pouvoir ingurgiter quoi que ce soit ?

Anima hocha la tête imperceptiblement. Elle leur versa du thé et s'assit en face de Sam. Elle prit un peu de sucre et remua.

– Je suis désolée pour Caroline, dit-elle.

Il but une gorgée de son thé. Tant de choses s'étaient passées depuis le matin.

– Nous avons pris un car jusqu'à Waterway.

Elle jeta un coup d'œil vers la fenêtre.

– C'est loin, mais il faisait si beau aujourd'hui. C'est une journée dont tu te souviendras.

Il l'observa discrètement. Visiblement, Waterway n'avait aucune résonance pour elle. Il n'avait jamais pensé qu'elle ne savait peut-être rien de son passé. Il respira profondément.

– Tu te souviens de ce gilet ? Est-ce que je pourrais le voir ? Tu m'en parleras ?

Elle cligna des paupières.

– Le petit avec la fermeture Éclair ?

Il savait qu'elle voulait lui demander pourquoi, mais au lieu de cela, le doigt pointé vers le plafond, elle répondit :

– Mange ta crêpe. Il est en haut.

Sam écouta ses petits pas rapides, le bruit d'un tiroir qui s'ouvre. Elle revint s'asseoir à la table et ouvrit le papier de soie qui protégeait le gilet.

Ils approchèrent le bras en même temps. La laine était rêche, feutrée, les mailles étaient tirées par endroits.

— Je veux savoir, dit-il.

— Comment s'est passée ton arrivée ?

Anima prit sa main dans la sienne.

— C'était un soir. Il faisait un temps affreux. De la neige fondue recouvrait les routes. Il en tombait tant qu'on l'entendait contre les vitres.

Elle s'arrêta, se ravisa.

— Attends. Je vais reprendre depuis le début.

Sa main était encore plus petite que celle de Caroline. Elle inclina la tête et il remarqua quelques mèches grisonnantes dans ses cheveux noirs.

— Je venais d'arriver du Kerala et, avec l'argent de mes parents, j'avais pu acheter ce bâtiment. Mais je me sentais seule, très seule. Alors j'ai demandé à quelqu'un de diviser l'immeuble en trois magasins, expliqua-t-elle en décrivant avec des gestes de la main le partage ainsi opéré. Onji s'est installé ici en premier, avec Ellie ; sa femme était partie je ne sais où. Quand Ellie s'est mariée, Onji a commencé à tourner en rond dans sa sandwicherie.

Anima tapota la main de Sam.

— Puis, un jour, il est venu me voir. À cette même table, il m'a dit que son meilleur ami, Mack, quittait la Floride. Qu'il avait besoin d'un endroit pour vivre et pour travailler.

Anima inclina la tête de nouveau.

– En ajoutant qu'il serait accompagné d'un enfant qu'il irait chercher quelque part dans le nord de l'État de New York.

Elle soupira.

– Mack était censé arriver pour le dîner. Nous avions préparé un grand repas, Onji et moi. Nous avons attendu, attendu. Le repas a refroidi. Nous avons essayé de manger, mais nous étions inquiets. Je jetais un coup d'œil par la porte de temps en temps. Tout était recouvert de glace. Minuit arriva, puis deux heures, trois heures, et nous étions toujours assis là. À attendre.

Sam avait la bouche sèche. *Le bateau. Avaient-ils pris le bateau ?*

– Juste avant l'aube, Mack est arrivé, avec toi.

Anima leva les yeux.

– Et ce chat. Tu étais trempé, tout boueux ; Mack avait l'air épuisé. D'une façon ou d'une autre, il s'était blessé à la jambe. Je lui ai proposé de te prendre pour le soulager ; il n'a jamais voulu te lâcher. Il s'est assis, là où tu es, Sam, et il est resté là, sa tête contre la tienne, à te bercer. Ses larmes étaient terribles à voir.

Épuisé. Voilà l'état dans lequel Sam était. Une longue journée.

– Il a fini par accepter que je te prenne, poursuivit Anima.

Elle pleurait.

– J'ai ouvert ta fermeture Éclair et je t'ai ôté ton gilet. Tu tremblais, et Mack aussi. Je suis

allée chercher des serviettes et je t'ai séché.
Nous t'avons donné une chemise qui appartenait à Onji. Immense. Puis nous t'avons regardé grandir dedans.

Son index tapota de nouveau le dessus de sa main.

— Tu es devenu notre famille. Nous ne nous sommes plus jamais sentis seuls.

Elle soupira encore une fois.

— Et nous n'avons plus jamais reparlé de cette nuit-là.

Sam se leva et fit le tour de la table. Il entoura Anima de ses bras, huma dans son cou la douce odeur de sa crème, appuya sa tête sur son épaisse chevelure.

— Je t'aime, Anima.

— Moi aussi. Nous t'aimons tous.

Elle lui tapota la joue.

— Veux-tu prendre ce gilet maintenant ?

Sam fit non de la tête.

— Garde-le pour moi.

Il ferma la porte derrière lui et marcha jusqu'au bord de l'eau. Les grenouilles étaient de sortie, leurs gosiers gonflés de chansons. Chat de Nuit sauta sur le banc d'Anima et Sam tendit le bras pour le caresser. Il s'était prélassé au soleil et son pelage était chaud.

Chat de Nuit, qui l'accompagnait depuis le début.

Le rêve de Sam.

Des cornes de brume.
Des cargos apparaissent et disparaissent
dans le brouillard.
Des rochers.
Quelque chose se fend en éclats.
L'eau au niveau du rebord du bateau,
noire, froide.
Chat de Nuit.
De l'eau dans ses yeux, dans sa bouche.
Et puis Mack.
« Je te tiens. Tu n'as plus rien à craindre. »
Plus rien à craindre.
Plus rien à craindre.

21. MACK

Le samedi matin revint. Caroline était partie depuis une semaine. Il était tôt, mais Sam ne s'embarrassa même pas d'allumer dans la cuisine. Il attrapa les céréales dans le placard, en prit une grosse poignée, et ouvrit une boîte de thon qu'il renversa dans la gamelle de Chat de Nuit.

Dans l'atelier, il souleva les fenêtres à guillotine. Dehors, l'air était calme et chaud. Sam s'assouplit les doigts. Ses mains commençaient à ressembler à celles de Mack, à avoir la même texture certainement. À force de pousser le rabot, un durillon s'était formé sur son pouce. Il avait une petite coupure, due à un bout de verre, de la peinture sous les ongles, et une ampoule, bleue, parfaitement ronde.

Il ôta le tissu qui protégeait le château, prit la figurine représentant la dame du Moyen Âge et la plaça dans la pièce couleur mandarine de Caroline. Il ajusta les toits sur les tours et les colla soigneusement, l'un après l'autre ; il les avait bien réussis.

Le jour se leva. Une frange de lumière apparut juste au-dessus de la rivière. Sam inspecta les petites boîtes de peinture, en trouva une couleur charbon, et une autre, plus claire. Il fit un essai sur un morceau de bois, puis essuya ce dernier à l'aide d'un chiffon pour que les teintes aient l'air moins lisses et prennent l'aspect de la vieille pierre.

Par petites touches brèves et régulières, il se mit au travail. Le bois du château était bien poli et ses différents éléments assemblés de près et avec précision.

L'exercice l'apaisa, il se surprit même à chantonner comme Mack le faisait. De temps à autre, il interrompait son travail pour suivre du doigt les petits arbres que Caroline et lui avaient façonnés avec des morceaux de savonnette trempés dans de la peinture verte, pour passer la main sur le gravier qui dessinait le sentier autour du château, pour essuyer le petit miroir qui faisait office de douves.

Il écoutait d'une oreille distraite les sons autour de lui, l'appel de deux tourterelles tristes à l'extérieur, le choc de casseroles chez Onji. Au-dessus de sa tête, Mack s'agita, son lit craqua, une chaussure heurta le parquet.

Sam se redressa et fit un pas en arrière. La première couche de peinture était déjà sèche. Il alla rincer le pinceau dans l'évier. Il avait commencé la seconde couche, plus légère, lorsqu'il entendit Mack souffler depuis la porte de l'atelier :

– Sam ?

Mack s'approcha. Le bras tendu, il effleura les contours du château : ses tours, ses fenêtres minuscules, sa façade si lisse.

– C'est magnifique, dit-il enfin, la voix chargée d'émotion. Une véritable œuvre d'art.

Sam leva les yeux.

– Le château Boldt, ajouta Mack.

– Oui, dit Sam, incertain, en repensant au jour où Caroline et lui l'avaient baptisé « Beau ».

Était-ce ce que Mack avait dit ?

– Comment le sais-tu ?

– Comment pourrais-je ne pas le savoir ? lui répondit Mack, presque à part soi.

Il se passa la main dans les cheveux.

– Tu as réussi à lui donner l'aspect de la pierre, et on a l'impression qu'il y a de l'eau dans les douves. Comment as-tu fait pour te souvenir ? C'était il y a si longtemps.

Se souvenir. Sam resta figé. Se souvenir d'un château ?

Mack toucha du doigt l'un des toits recouvrant les tours.

— Et comment as-tu appris à faire ça ? À couper le bois de cette façon ?

— Dans le livre d'Anima, expliqua Sam, l'air absent. Mais, Mack...

La porte de derrière s'ouvrit et le couloir retentit des pas lourds d'Onji.

Sam aurait aimé fermer l'accès à l'atelier. Il aurait aimé demander à Onji de s'en aller, qu'il lui fasse cette faveur de ne pas apparaître à cet instant, il était si près de découvrir ce qu'il avait besoin de savoir. Il n'y en avait que pour quelques minutes. Les yeux de Mack l'assuraient, ses yeux bleus, qui s'étaient emplis de larmes.

Mais Onji était bien là. Onji, qui parlait, qui parlait toujours, cette fois, ne dit pas un mot. Ce fut Mack qui prit la parole :

— La première fois que je lui ai mis un marteau dans les mains, je savais ce qui se passerait. La même chose qu'il m'était arrivé...

Onji s'approcha.

— Il s'est souvenu du château.

— Oui, confirma Mack.

Sam fit un pas, puis deux, en arrière, contre le mur avec les étagères. Il n'émit pas un seul bruit, ne bougea plus, jusqu'au plus profond de lui-même ; seules sa gorge et sa poitrine palpitaient.

– C'est une reproduction presque parfaite. Les fenêtres, les tours...

Onji s'interrompit. Mack opina d'un mouvement de tête à peine perceptible.

– Mack, je rentre chez moi, reprit Onji. Peut-être que le moment de parler est venu. Peut-être que tu as des choses à dire à Sam.

Ainsi donc, Onji savait.

Une fois que ses pas se furent éloignés, n'étaient le roucoulement des tourterelles tristes et le bref la-la-li d'un carouge à épaulettes, le silence s'installa dans l'atelier.

Visiblement, Chat de Nuit le remarqua. Il sauta du rebord de la fenêtre sur l'établi et se posa à côté du château.

– Non, je ne me souviens pas.

Sam trouva sa propre voix étrange.

– Pas de tout, en tout cas. S'il te plaît...

Mack poussa un soupir tel qu'il envahit la pièce entière. Il prit un des chevaliers dans sa main.

– J'aurais dû t'en parler avant, mais je pensais que tu avais oublié, et je ne voulais pas avoir à admettre à quel point...

Il s'interrompit un instant.

– ... à quel point j'ai tout gâché.

Malgré la douleur que lui procurait l'angle vif de l'étagère qui s'enfonçait dans son épaule, Sam resta sans bouger.

– Tout ou presque a commencé parce que j'étais en colère.

– Tu n'es jamais...

– C'était il y a longtemps.

De nouveau, Mack caressa les contours du château.

– Quand j'étais jeune, j'ai construit un voilier. J'ai acheté le bois, petit à petit, je l'ai découpé, poncé, j'ai assemblé les morceaux. Ça m'a pris des années.

– Dans les Mille-Îles, lança Sam sans réfléchir.

Mack opina.

– Il était parfait pour les eaux du Saint-Laurent, pour naviguer entre ces îles, autour de Heart Island. Avec sa coque effilée, il répondait vite dans la brume...

Sam ferma les yeux. *Les sirènes des cargos qui vont et viennent, prévenant de leur présence.* Et cette femme qui était venue à l'atelier, n'avait-elle pas mentionné Heart Island ?

– Certaines des îles étaient si vastes qu'on ne voyait ni où elles commençaient, ni où elles se terminaient. Par contre, il y en avait une avec juste assez de terre pour y faire tenir un drapeau.

Un petit monticule de terre. Un drapeau claquant au vent.

– Viens, je t'emmène. Maintenant. On va retourner voir les Mille-Îles, retourner voir le château.

Il posa la main sur l'épaule de Sam.

– On va retourner voir l'endroit où tout a commencé.

22. HEART ISLAND

Ils traversèrent un pont qui menait à la ville de Gananoque, sur la rive canadienne du Saint-Laurent. Mack gara son pick-up et ils allèrent s'asseoir sur un banc au bord de l'eau. Le repas préparé et emballé par Onji posé entre eux, ils attendirent l'arrivée du ferry qui les emmènerait au château.

Sam leva les yeux vers l'embarcadère et les volutes de brume qui s'élevaient du fleuve. Alors qu'il observait un petit bateau ballotté par les flots, la voix de Mack s'éleva :

– Nous vivions du côté américain, et c'est là-bas que je gardais le bateau. Mais nous venions souvent ici, dans cette ville, Lydia, Onji et moi. On l'appelait Gan.

Mack parlait lentement, le regard dirigé au loin, sur l'eau.

– Chaque été, sur un panneau d'affichage, ils annonçaient le nom du pêcheur qui avait pris le plus gros musky.

Il posa sa grande main sur l'épaule de Sam.

– Mais ce n'est pas important.

Sam n'en était pas si sûr. Le *musky*. N'était-ce pas ce mot-là qui les avait conduits jusqu'ici ?

Sam avait la photo du voilier dans sa poche ; il l'en sortit et la regarda trembler un instant entre ses doigts.

Comme Anima avait passé la main sur le gilet, Mack vint caresser l'image du voilier.

– Mon bateau.

Il tourna la tête vers Sam.

– Comment l'as-tu trouvée ?

Sam hésita.

– Je suis monté au grenier.

– Par la gouttière ?

– J'ai menti...

Il s'interrompit, puis reprit :

– Je suis désolé, désolé d'avoir menti.

– La gouttière, répéta Mack. Alors, tu as trouvé tout le reste aussi ? La maquette ? J'avais l'intention de te la redonner un jour. Mais plus le temps passait, plus j'ai trouvé difficile de le faire. Et comme tu ne l'as jamais réclamée...

– Personne d'autre n'aurait pu fabriquer un tel bateau.

Mack passa un bras autour de Sam.

– Il y a tant d'autres choses à dire.

Il se tut, le doigt pointé. Un ferry blanc étincelant venait de se profiler à l'horizon. Sa sirène retentit. Un son familier.

Mack soupira.

– Quand j'étais jeune, j'étais toujours en colère. En colère pour des bêtises. Jusqu'au jour où toi et moi, nous sommes arrivés chez Anima et Onji, notre maison. Alors, la colère m'a quitté, comme la résine coule des arbres. Par contre, c'était trop tard pour renouer avec ma fille ; c'est mon plus grand regret.

Le ferry avait commencé à accoster et le hurlement de sa sirène engloutit tous les sons.

Une fois à bord, Sam et Mack grimpèrent sur le pont supérieur. La brume avait épaissi et s'étirait en bancs compacts à la surface de l'eau ; pesamment, le bateau appareilla.

Mack entreprit de parler du château :

– Boldt est le nom d'un homme qui a fait modeler l'île en forme de cœur par amour pour sa femme. Heart Island, l'« île Cœur ». Tu verras, il y a fait sculpter trois cerfs de pierre aussi.

Le ferry passa devant plusieurs îles, puis sous un pont dont l'arc ressemblait à une toile d'araignée en acier. Ce devait être le pont dont Onji lui avait parlé. Et soudain apparut le château dont Sam avait rêvé.

– Trois cents hommes travaillaient ici tous les jours, reprit Mack. Mais quand la jeune épouse de George Boldt est morte, tout s'est arrêté. Il n'est jamais revenu ici.

Ils descendirent du ferry et escaladèrent un sentier recouvert de gravier.

– Des années plus tard, j'ai fait partie des ouvriers chargés de la restauration du château.

Sam leva les yeux vers les tourelles, les toits semblables à des cônes, les fenêtres étroites pratiquées dans la pierre. Si seulement Caroline avait pu les voir. Mack, la tête baissée vers lui et le sourire aux lèvres, opina :

– Oui, il est comme le tien.

Ils se promenèrent de pièce en pièce. Il faisait froid à l'intérieur, mais un feu brûlait dans l'immense cheminée. Ils s'assirent sur un banc pour admirer les flammes. Mack respira profondément et reprit :

– Tu venais souvent ici. Ta mère t'y amenait. Tu me suivais partout, et tes petits pas retentissaient quand tu montais ou que tu descendais les escaliers. Tu observais tout, tu te faufilais pour mieux me voir utiliser mon marteau...

Si seulement il avait pu s'en souvenir.

– Tout est ma faute, poursuivit Mack. On s'est disputés, ma fille et moi, et je suis parti en

Floride. J'ai perdu ma fille, je t'ai perdu, toi, j'ai tout perdu.

Comment ? Sam sentit ses dents s'enfoncer dans ses lèvres. Les mots de Mack résonnaient dans sa tête. « Ta mère t'amenait... J'ai perdu ma fille, je t'ai perdu, toi. »

Sam appuya son visage entre ses poings serrés.

Il venait de comprendre. Il n'avait pas besoin d'attendre qu'on lui explique. Il essaya de parler, mais il était sans voix.

– Ma mère... réussit-il enfin à prononcer... était ta fille ? Était vraiment ta fille ?

Mack le regarda, interloqué.

– Julia ? Bien sûr ! Comment peux-tu ne pas le savoir ? J'ai fabriqué ton petit voilier dans sa cuisine.

Quelque chose envahit peu à peu la poitrine de Sam, grossit, lui monta à la gorge. Il ouvrit la bouche, et un son en sortit.

Serré dans les bras de Mack, il se laissa réchauffer par le feu dans la cheminée.

– Oh, Sam, murmura Mack.

Sam pleurait, mais ce quelque chose qui avait envahi sa poitrine commença à se diluer et à se déverser dans le flot de ses larmes. « Comme la résine coule des arbres. »

– C'était ta voix qui criait.

– Quand ?

– Au foyer pour enfants. C'était toi qui claquais les portes, l'une après l'autre.

– J'étais en colère. Furieux. Cette femme. Comment te le dire ? Comment t'expliquer ? Quand ta mère est morte, personne ne savait où je me trouvais, alors un voisin t'a emmené dans ce foyer. Ils n'ont retrouvé ma trace que quelque temps après.

Il prit son menton dans sa main, se frotta le visage.

– Quel choc, ce paquet arrivé par la poste : une note de Julia écrite juste avant sa mort, et le jugement qui me donnait le droit de m'occuper de toi, de t'élever.

Il se tut un instant.

– Vous m'aviez tant manqué tous les deux, je pensais à vous constamment.

Sam essuya ses larmes avec sa manche. Tout allait bien, tout irait bien.

– Je suis venu te chercher en bateau. Sans jamais m'arrêter, sans dormir. Tu étais dans ce foyer depuis presque un mois, et le soir de mon arrivée, cette femme n'a pas voulu que je te prenne. Elle m'a dit : « Je suis fatiguée, revenez demain. » Je lui ai agité les papiers sous le nez. Je lui ai dit que tu ne resterais pas une nuit de plus dans cet endroit, pas une heure de plus. « Légal ou pas, vous attendrez demain. Il est couché, et je le serai bientôt aussi. Je refuse de préparer un enfant maintenant. J'ai fini mon travail pour la journée. »

Sam s'imagina son visage : le front ridé, des cheveux plats plaqués sur la tête.

– Quel endroit horrible !

Mack porta la main à sa poitrine.

– Si tu savais, j'étouffais de rage.

Ce quelque chose à l'intérieur.

– J'ai grimpé les marches quatre à quatre. J'ai ouvert une porte après l'autre...

– Tu as appelé, tu as hurlé.

– Je t'ai enveloppé dans un gilet, je t'ai pris dans mes bras, toi et le bateau, et je suis redescendu. C'est là que tu as dit : « Chat de Nuit. »

Sam hocha la tête, se remémorant soudain la pente de l'escalier, son bras tendu, qui voulait le chat.

– La femme bloquait l'entrée de la cuisine où le chat de Julia s'était réfugié sous la table. Elle l'a bloquée jusqu'à ce qu'elle voie l'expression sur mon visage.

Ils se redressèrent sur leur banc ; les flammes crépitaient dans la grande salle du château. Les yeux de Mack étaient fermés. Il semblait essoufflé.

– Je t'ai emmené jusqu'au bateau, reprit-il.

– Je me souviens du son des cornes de brume, dit Sam.

– J'étais trop en colère pour être rationnel, je n'aurais jamais dû partir avec toi au milieu de cette tempête. On est passés sur des rochers, la coque s'est fendue, et le bateau a sombré, complètement. J'ai réussi à te retrouver dans l'eau et je t'ai attrapé, avec le chat. Je ne sais pas comment tu as fait, mais tu avais réussi à garder le petit voilier que je t'avais fabriqué.

La bouche de Mack frémit.

– J'ai failli te perdre une deuxième fois.

Ils sortirent du château, Sam sous le coup de la découverte. Ils regardèrent les douves en contrebas, l'abri à bateaux au loin, les volutes de brume.

– J'ai trouvé un train pour aller chez Onji et Anima, reprit Mack. On était trempés tous les deux, le chat tremblait. Une infirmière se trouvait là et m'a bandé la jambe. Je ne me suis même pas demandé ce que les gens penseraient. Ensuite, je t'ai porté pendant plus d'un kilomètre ; Onji et Anima nous attendaient. Et à partir de là, tu n'as plus jamais rien eu à craindre.

– Rien à craindre.

– Je me suis promis de ne plus jamais m'approcher de l'eau. De ne plus jamais avoir de bateau.

Il sourit à Sam.

– Le jour suivant, on a entendu parler de l'article dans le journal.

Avec un soupir, il ajouta :

– Je suis reparti là-bas avec Onji pour prévenir qu'on était en vie.

Sam ressentit quelque chose dans sa poitrine, mais cette fois, ce fut une explosion de joie. Mack et lui étaient liés. Julia était sa mère, Lydia, sa grand-mère.

C'est alors qu'une phrase lui revint à l'esprit : « Je me suis promis de ne plus jamais avoir de bateau. »

Sam posa sa main sur le bras de Mack.

– Ne dis pas ça. Je veux qu'on fabrique un bateau. Toi et moi, ensemble.

23. LA FÊTE

Sam continuait de se réveiller avant l'aube. «Rendors-toi», se disait-il en bâillant et en refermant les yeux. Le château était terminé, après tout.

Mais ce matin-là, il décida qu'il pouvait y ajouter encore un détail en l'honneur de Caroline.

Du bout du pied, il poussa doucement Chat de Nuit. Le chat sauta par-dessus lui, en bas du lit, puis alla se poster devant la porte.

Sam descendit dans la cuisine. Il défit en lanières un reste de poulet pour Chat de Nuit, et prit une viennoiserie pour lui-même.

Il ne cessait de penser à Caroline. Si seulement il pouvait lui raconter la fin de l'histoire.

Dans l'atelier, il brancha les petites pinces électriques et, au son de leur bourdonnement, il découpa un rectangle dans la façade du château, juste au-dessus des portes cintrées. Il avait ce qu'il fallait pour une fenêtre supplémentaire.

Il polit les bords intérieurs de l'ouverture, y inséra un morceau de verre et l'encadra de petits bouts de bois collés. Il s'écarta pour mieux juger du résultat.

Désormais, la dame du Moyen Âge se voyait ; debout dans sa pièce couleur mandarine, elle regardait vers l'extérieur. « Elle se fait des amis au lieu de se cacher », dit-il à Caroline en pensée.

Il resta là, à observer le château, satisfait. Il était prêt à passer à l'étage, à trôner sur sa commode, à côté du petit voilier peut-être.

Mack apparut à la porte :

– Ce n'est pas aujourd'hui que vous avez la fête de l'école ?

Pois cassés chauds. Tranchoirs. Clous de girofle et cannelle.

– Oui, la fête médiévale, dit-il en haussant les épaules.

– Je vais t'y conduire, Sam. Tu ne pourras pas porter...

– Le château ? Je ne veux pas le prendre.

– Pourquoi ?

Sam haussa les épaules à nouveau. Il l'avait fabriqué pour Caroline et pour lui-même.

Le regard posé sur le château, Mack reprit :

– J'ai toujours trouvé triste que Boldt ait abandonné la construction de son château, et que celui-ci tombe en ruine pendant des années.

– Tu ne peux pas comparer. Le mien est fini, entièrement.

Mack effleura le petit carnet vert posé sur le coin de l'établi.

– Caroline a pris des notes, n'est-ce pas ? Ne serait-il pas juste que tout le monde le sache ?

Il repartit vers la porte, s'arrêta, et se tourna tout en tapotant le chambranle des doigts, ajouta :

– Je vais nous faire des œufs brouillés. Ils ne seront pas aussi bons que ceux d'Onji, mais...

Il s'interrompit puis, le bras tendu, il insista :

– Prends-le, Sam. Tu seras content après.

Comment dire non à Mack ? Sam déchira les dernières pages du carnet, celles qui n'appartenaient qu'à lui, et les monta dans sa chambre.

Une fois le petit déjeuner fini, ils partirent, avec un peu de retard, car il leur avait fallu du temps pour emballer le château et le mettre dans le pick-up.

– Veux-tu que je vienne avec toi ? demanda Mack alors qu'ils le déchargeaient près de l'entrée latérale de l'école.

Sam lui fit non d'un signe de tête. Puis, sans savoir pourquoi, il se jeta dans les bras de Mack.

Sam porta seul le château tout le long du couloir, en se frayant un chemin parmi des élèves qui portaient des arrosoirs remplis d'eau, tandis que d'autres avançaient à pas rapides, mais sans courir, de peur que M. Ramon ne soit tapi au détour d'un escalier.

Arrivé dans sa classe, Sam déposa le château, toujours recouvert de son tissu, sur la table située sous la fenêtre. Il y avait plus de bruit qu'à l'accoutumée. Cinq enfants se préparaient pour leur pièce de théâtre, et Eric allait et venait, armé d'une épée et coiffé d'un casque en papier qui fit rire Sam. Dans un coin, Marcy révisait le texte de sa présentation orale, les lèvres et les bras en mouvement.

En pile sur la table se trouvaient les fameux tranchoirs, ces grandes tranches de pain rondes au centre creusé que Mme Stanek leur avait promis. Elle avait aussi apporté une grosse marmite remplie de la purée de pois cassés qui se mangeait en accompagnement. Sam avait du mal à s'imaginer que quiconque dans sa classe s'y essaierait. La mère de Marcy, elle, avait donné du jus de pomme aux clous de girofle, et celle d'Eric avait fait un gâteau à la cannelle. Les ingrédients, dont ils savaient désormais qu'ils étaient utilisés au Moyen Âge, étaient rassemblés.

Mme Stanek se tourna enfin et aperçut Sam.

– Tu as fini ton château, lui dit-elle comme si elle avait su depuis le début que ce serait le cas.

Sam opina, embarrassé, sans savoir où mettre ses mains.

– Montre-nous! poursuivit Mme Stanek.

Lentement, il ôta le tissu de protection et redressa le cheval de Caroline sur le socle; il avait les joues brûlantes.

La main sur la bouche, Mme Stanek s'éloigna du tableau pour s'approcher de la table.

– Oh, Sam!

Elle toucha du doigt les petits chevaliers posés sur le devant, les tours, et se pencha pour regarder la dame du Moyen Âge debout à sa fenêtre.

– C'est Caroline, n'est-ce pas?

– Sa mère a fait les figurines et Caroline, le cheval. Tout est écrit dans son carnet.

– Hé, regardez ce que Sam a fabriqué! s'exclama Marcy.

Tous les élèves vinrent s'agglutiner, pleins d'admiration.

– Génial ! dit l'un d'eux.

– C'est Sam qui l'a fait ? s'étonna un autre.

Eric lui sourit.

– Super, MacKenzie. Vraiment super.

Sam ne put réprimer un grand sourire de satisfaction. Mack avait eu raison. Il alla s'asseoir, heureux, très heureux.

Marcy entama son exposé sur les villes du Moyen Âge et les enceintes que l'on construisait autour d'elles pour les protéger. Quant à Mme Stanek, elle passa dans les rangs avec les tranchoirs et la purée de pois cassés.

Sam se décida :

– Je veux bien goûter.

Il serait probablement le seul, mais après tout, Anima leur avait déjà cuisiné un plat délicieux à base de pois chiches. Le goût ne devait pas être si différent. En outre, il était évident que Mme Stanek avait fait beaucoup d'efforts.

Les pois cassés étaient infects, poivrés au point de vous faire éternuer, mais Sam n'eut pas le temps d'y penser, car la porte de la classe s'ouvrit soudain en grand. Marcy, le bras levé, s'arrêta de parler.

Caroline se tenait là, ses bracelets glissés à mi-bras. Elle était coiffée de son chapeau violet aux bords ondulés. Comme si la salle avait été vide, elle sourit à Sam et lui dit :

– Je suis là, Je-Suis-Sam.

24. Mme WARING

La sonnerie de fin de cours retentit. Sam et Caroline prirent le château à eux deux et sortirent dans le couloir en zigzaguant.

– Ces tranchoirs... Berk! dit Sam.

– Je vais dire à maman que les pois cassés valaient à eux seuls les deux heures de voiture de ce matin. Miam!

Ils éclatèrent de rire.

Une fois hors du bâtiment, Sam descendit les trois marches à reculons tout en s'efforçant de maintenir le château à l'horizontale.

– Doucement, lui dit Caroline, avant de demander : Et alors, ce Sam Bell?

– C'était le nom de mes parents.

Il se pencha pour ramasser un chevalier qui avait glissé du socle.

– Mais Mack a jugé que ce serait plus facile pour moi de porter le sien.

Les voyant arriver, la mère de Caroline, qui était assise au volant de son Espace, appuya sur le bouton d'ouverture automatique du coffre.

– Tu es sûr que ça va aller ? demanda Caroline à Sam.

– Pour mon nom ? Pour le château ? Oui, lui répondit Sam avec un large sourire.

– Une chose. Je sais pourquoi tu as ajouté cette fenêtre à ma pièce. Tu veux que je cherche des amis, c'est ça ?

– Quand tu ouvriras la porte de ta classe, choisis un élève, et souris-lui. Tu as un beau sourire. Tu verras.

Il glissa le château à l'arrière de la voiture.

– Oh, Sam, murmura Caroline, émue. Je le ferai, c'est promis. Je n'oublierai jamais... Merci, ajouta-t-elle alors avec un sourire. Mais, encore une chose : comment va-t-on pouvoir rester amis si tu n'écris pas ?

Elle lui mit un bout de papier chiffonné dans la main.

– C'est mon adresse e-mail.

Là-dessus, elle se pencha – chapeau violet, une dizaine de bracelets, une constellation de taches de rousseur – et lui déposa un baiser sur la joue.

Puis elle alla monter à l'avant du véhicule.

– Penses-y. Écris-moi. Je te comprendrai. Dis oui !

Il fit un pas en arrière et monta sur le trottoir, la main levée à hauteur de visage, les yeux rivés sur l'Espace qui démarra et, bientôt, disparut au coin de la rue. Il repartit dans l'école et descendit l'escalier qui menait au centre de documentation.

Mme Waring arrosait les plantes à la fenêtre.

– Il faut que je lise, annonça-t-il.

– Sam ? dit-elle tout en essuyant une goutte d'eau sur une feuille. Je suis allée voir ton château pendant l'heure du déjeuner. Tout le monde en parle, et je n'en suis pas étonnée. Il est époustouflant.

– Merci, mais... Voilà : je n'ai pas besoin d'être un grand lecteur, je veux juste pouvoir lire.

Elle le regardait, la tête inclinée, tandis que son arrosoir gouttait.

Comment tout lui raconter ? Les documents dans le grenier, l'ordinateur, Caroline, et le reste ? La différence que cela aurait fait s'il avait su lire ? Il décida de ne lui parler que du bateau.

– Mon grand-père et moi allons construire un voilier. Je veux pouvoir prendre des notes. De ce que nous ferons, de la façon dont nous le ferons.

– Combien de temps as-tu passé, en pensée, à la préparation de ce château ? Et combien de temps à sa réalisation ?

Il avait compris où elle voulait en venir.

– Chaque minute que j'avais.

– Parfois, c'est le temps que cela prend.

Elle posa son arrosoir, s'essuya les mains sur son jean, souleva le pot qui recouvrait le C et en suivit le tracé du bout du doigt.

– Et si tu m'accordais quelques après-midi chaque semaine, après l'école ? Ainsi que quelques matinées pendant une partie de l'été ? Nous travaillerons dur, nous ne baisserons pas les bras ; nous ferons de notre mieux.

Elle lui tendit la main.

– Donne-moi une chance, Sam. J'adore enseigner, autant que toi tu adores construire.

Elle avait un si beau sourire, avec ses dents légèrement de travers et ses yeux noirs si doux. C'était d'accord, il le ferait.

– Et bientôt, je construirai des étagères ici, déclara-t-il en balayant la pièce d'un geste de la main.

Il avait manqué l'autobus encore une fois, mais ce n'était pas grave. Il faisait chaud, l'été était presque là, et il courut sur une bonne partie du chemin.

Mack était dehors ; il l'attendait. Il l'emmena derrière la maison vers l'entrée du hangar. Des piles de planches s'étiraient d'un bout à l'autre du bâtiment; des boîtes de vis et de pointes étaient entassées contre le mur. Mack avait commencé le ber [1] sur lequel reposerait la coque en construction de leur voilier.

Tous deux humèrent la douce odeur du bois, tout en écoutant de loin la musique qui venait du restaurant d'Anima. Sam s'assouplit les doigts; il était impatient de s'y mettre. C'est alors qu'Onji passa la tête à sa fenêtre.

– Vous avez tout le temps pour votre projet, vous deux. Et si vous commenciez par des muffins et un verre de lait? Histoire de vous remplumer un peu.

– On n'y peut rien, on est comme ça dans notre famille, lui lança Mack. Menus, mais robustes.

– C'est vrai, renchérit Sam.

Lorsqu'ils eurent rejoint Onji, Sam annonça :

– Juste une seconde.

Il se précipita dans le bureau, se connecta à Internet et lissa le bout de papier sur lequel Caroline avait écrit son adresse. Il voulait s'assurer qu'elle trouverait son premier message dès son retour chez elle. Une chose. Un mot. *Oui.*

---

1. « ber », support en forme de berceau sur lequel repose un bateau en construction ou en réparation. (N. d. T.)

Et oui, onze.

Onze pouvait signifier beaucoup de choses.
Une rue, un numéro de maison, deux cheminées qui ne lui faisaient plus peur.
Son onzième anniversaire.
L'année où il avait rencontré sa meilleure
amie.
Et pourquoi pas les deux mâts du voilier
avec lequel chaque été il naviguerait désormais sur le Saint-Laurent en compagnie
d'eux tous, Mack, Onji, Anima, et Caroline.

Ce fut l'année où il commença à lire.

REMERCIEMENTS

À Wendy Lamb, mon éditrice, qui m'a guidée avec une patience admirable durant la rédaction de ce livre.

À George Nicholson, mon agent, qui m'a encouragée à tout instant.

À Dave Southard, qui m'a parlé de la brume, des cornes de brume, des cargos sur le Saint-Laurent, et qui leur a donné vie dans mon esprit.

À Kathy Winsor Bohlman, mon amie, pour son intérêt et son soutien.

À mes enfants :

Jim, qui « parle de livres » avec moi,

Bill, qui a lu et relu et m'a fait tant de merveilleuses suggestions,

Alice, qui m'a lue avec bienveillance,

À mes petits-enfants, tous les sept, qui me gardent ancrée dans leur monde.

Et à Jim, mon époux, qui a confiance en moi.

À eux tous,

Avec mon amour et mes remerciements.

Dépôt légal : février 2009
N° d'édition : L01EJEN000265.N001
Loi n° 49-956 du 16 juillet 1949
sur les publications destinées à la jeunesse

Achevé d'imprimer sur Cameron par l'imprimerie N.I.I.A.G.
a Bergame (Italie)